21世纪华语诗丛·第二辑

韩庆成／主编

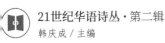

葵花海

李玥　著

恍若那年，我们曾一同
瞭望的旷野
一种金黄、辽远的寂静

鸟儿无法呼吸
燃烧也变得如此
潦草和张皇

知识产权出版社

全国百佳图书出版单位

—北京—

图书在版编目（CIP）数据

葵花海/李玥著. —北京：知识产权出版社，2020.5
（21世纪华语诗丛/韩庆成主编. 第二辑）
ISBN 978 - 7 - 5130 - 6843 - 7

Ⅰ.①葵… Ⅱ.①李… Ⅲ.①诗集—中国—现代 Ⅳ.①I712.25

中国版本图书馆 CIP 数据核字（2020）第 047677 号

责任编辑：兰　涛　　　　　　　　责任校对：谷　洋
封面设计：博华创意·张冀　　　　责任印制：刘译文

葵花海

李　玥　著

出版发行：	知识产权出版社 有限责任公司	网　址：	http：//www.ipph.cn
社　址：	北京市海淀区气象路 50 号院	邮　编：	100081
责编电话：	010 - 82000860 转 8325	责编邮箱：	zhzhang22@163.com
发行电话：	010 - 82000860 转 8101/8102	发行传真：	010 - 82000893/82005070/82000270
印　刷：	三河市国英印务有限公司	经　销：	各大网上书店、新华书店及相关专业书店
开　本：	880mm×1230mm　1/32	印　张：	8.5
版　次：	2020 年 5 月第 1 版	印　次：	2020 年 5 月第 1 次印刷
字　数：	91 千字	全套定价：	198.00 元

ISBN 978 - 7 - 5130 - 6843 - 7

For

天梦，Sophia　and Michael

自信、娴熟与成就

杨四平

21世纪已经20个年头了。在中国文学史家惯常的"十年情结"思维图谱里,21世纪文学已经跋涉了两个"十年"。这让我想起20世纪中国文学"三十年"里的头两个"十年",那是其发生与发展的两个"十年"。相较而言,21世纪头两个"十年"却是发展与成熟的两个"十年",尽管没有出现像20世纪头20年时空里那么多灿若星辰的文学大家。我想,这也许不是文学文本质量的问题,更不牵涉文学之历史进化观问题,而是其传播与接受的差异问题。再过几百年,在这两个世纪各自的头20年,到底是哪一个世纪最终留下来的经典文本多,还是个未知数呢!

回望历史,关注动态,展望未来,百年中国新诗一路走下来,实属不易且可圈可点。20世纪80年代中期之前,在启蒙、革命、抗战、内战、"土改""文革"、改革等外部因素影响下,中国新诗一直在为争取"人民主权"而战,中国新诗的社会学角色、责任担当及诗意书写成就辉煌;之后,在经历短暂之"哗变"以及为争取"诗歌主权"之矫枉过正后,中国新诗在"话语"理论中，找到了内与外、小与大、虚与实之间的"齐物"诗观，创作出了健全而优美的诗篇，同时，也促进了中国新诗在当下之繁荣——外部的热闹和内在的繁荣！显然，这种热闹和繁荣，不仅是现代新媒体诗歌平台日益增长的文化与旅游深入融合导致的诗歌活动之频繁，诗人、诗歌的"自传播"和"他传播"之交替，更是中国新诗在"百年"过后"再出发"的内在发展和逻辑之使然。

当下的诗人，不再纠缠于"问题和主义"，不再困惑于外来之现代性和传统之本土性，不再念念于经典和非经典，而是按照自己的"内心"进行创作，其背后彰显的是当下中国诗人满满的文学自信。

正是有了这份弥足珍贵的新诗自信，使得当下中国诗人在进行创作时能够"闲庭信步笑看花开花落，宠辱不惊冷观云卷云舒"。如此一来，当下诗人就不会徘徊于"为人生而艺术"或"为艺术而艺术"，也不会计较于"为民间而诗歌"或"为知识而诗歌"；进而，他们的创作就会写得十分"放松"，而不会局促不安，更不会松松垮垮。因此，当下，一方面诗人们不热衷于搞什么诗歌运动，也淡然于拉帮结派；另一方面诗评家也难以或者说不屑于像以往那样将其归纳为某种诗歌流派或某种文学思潮。即便有个别诗人仍留恋于那种一哄而上和吵吵闹闹的文学结社，搞文学小圈子，但是那些毫无个性坚持且明显过时的文学运动在新时代大潮中注定只是一些文学泡沫而已。

用文本说话，让文本接受历史检验，纵然"死后成名"或死后成不了名，也无所谓。这已成为当下中国诗人的共识。所以，当下中国诗人专注于诗歌文本之创作，一方面通过内外兼修提升自己的境界，另一方面砥砺自己的诗艺，以期自己的诗歌作品能够浑然天成。伟大作品与伟大作家之间是在黑暗中相互寻找的。有的作家很幸运，彼此找到过一次；而有的作家幸运非凡，彼此找到过两次，像歌德那样，既有前期的《少年维特之烦恼》，又有后期的《浮士德》！所谓机遇，就是可遇而不可求，但"寻找"却要付诸实践、坚持不懈。我始终坚信：量变是质变的基础。这一定律，对文学精品之产生依然有效（前提是"有主脑"的量之积累）。那种天才辈出的浪漫主义时代早已一去不复返了。值得嘉许的是，当下中国诗人始终保持着对新诗创作的定力，在人格修为上，在文本创作上，苦苦进行锤炼，进而使他们的写诗技艺娴熟起来，创作出了为数不少的诗歌佳作，充分显示了 21 世纪初中国新诗不俗的表现及其响当当的成就。

我是在读了本套"21 世纪华语诗丛"后，有感而发，写下以上这些话的。在这十本诗集里，既有班琳丽、夏子、邹晓慧这样已有成就的名诗人，也有李玥、刺桐草原、汪梅珍这样耕耘多年的实力派，还有卡卡、杨祥军这样正在上升期，状态颇佳的生力军，以及蔡英明、李泽慧这两位 90 后、00 后新锐。他们各具特色的作品，使这套诗集内容丰富、异彩纷呈。祝愿我的诗人朋友们永葆自信、精耕细作，在未来的日子里不断给中国新诗奉献出新的精品力作，为中国新诗第二个一百年添砖加瓦、增光添彩！

2020 年 1 月底于上海外国语大学

目 录
CONTENTS

白　鹭

夕光下的波粼停止了摇荡
不远处
金色的芦苇丛低垂着头颅

世界如此狭小和安静
此刻，尘世间的万物
仿佛已于沉睡中死去

一只白鹭，独立于山水间
偶尔，只有项后的羽翎
微微颤抖

它瘦怯的身影投映进黑暗
如此高大，又是
如此孤独

野草赋

当我从岁月的罅隙中探出头来
没有你的天空
瓦蓝色的流苏是空的

"任他们晾晒、锤打、抛撒
也结不出一粒愁困的种子"

风儿轻柔，轻得
似沙砾般柔暖
没有你，大地也是空的

丛密，徒显着落魄
繁茂，铺展开荒凉……

我们只管疯长、覆盖、蔓延
向现实低头，随风就倒

或者借无名的野火
放肆地燃烧、燎原、毁灭
乃至重生！

钟 声

无边的雾霭于林间蒸腾
迷蒙的光线里，许多黑色的影子
惊怵间掠过头顶

我独自走在飘满鲜花的路上
看不清前方是黎明，还是黄昏

沉默的远山，空灵处回响杳婉的钟鸣
枯索的枝干，在轻娆的镂刻中发芽
铜绿的沧桑与沉重并势，深锁进呼吸

澄明的薄雾在林间升起
游离的光线里，一些五彩的鸟儿
从容地跃过山顶

我独自走在爬满荆棘的路上
并不介意身后是黄昏，还是黎明

花开一夜

花开一夜
以缤纷的莹白萦绕
溪水的潺影

雪飘一夜
似漫天的溟濛
隐去堤岸的渔火

竹帘轻荡
芦塘内的寒鸟萧瑟不鸣
山形萍浮于楼台之外

昨日的花苞似雪白
飞飏里
暗香四溢

此时的落雪如花瓣
于空蒙处
凋零了一夜

风声停歇

滴水冷冽映心寒

月影婆娑，轻洒枝头

转身间，黑发已成银丝

纷落的花瓣

也于我的掌心

凝结为片片

白色晶莹的雪

不是梵高

不是梵高

在小赛伦旅馆的天井

点亮一支画笔

我想要采集一束

理性的向日葵，然后高贵

如德墨忒尔

将丰饶和忧郁，奖赏给每一位

劳作的农夫

在那里

他们耘耕

他们歌舞

他们金黄

他们眩晕……

间或有蓝色、红色的星星

蝴蝶般飞舞

我听见

一颗黑色的心脏

划过

我合上的眼帘

距　离（I）

我和你，相隔着
门窗、溪流、田野、森林
以至于汪洋

摆放在各自的房间里
被众多旁观者窥视
窃窃私语，或者习惯性地
选择遗忘

我们像极了，同一文物的两件赝品
镜像般对应着，以相似的装帧和
标注，展露出不同的地点
和生活

灵与肉，就像
时与空
彼此分离，却又难以分割

相隔的日子久了，云彩和流水
也就淡了

忐忑中的相逢，还猜得出
彼此间的味道。手掌是熟识的热度
但眼角和裙摆，却隐露出
无可名状的
陌生

距　离（Ⅱ）

睫毛、空气和水
荧惑的流动
与空间、与言辞，折射进你夜色的瞳孔

我是你时光标尺内竭力
隐藏的一段，披着金属的外衣
靠硬度和棱角打磨时光度日

闲置的日子久了，触觉就
生疏起来，目光却犹疑着
不知将身体导向何处

一只离了巢穴的雏燕，跌撞进窗口
喘息着惶恐中顾盼。黑的衣襟
和白的肢体紧紧相扣、触目惊心

若即若离的，是温度和呼吸。你在风中
转过头去，用有张力的弧度，执意拉扯出
让彼此
怦然心碎的距离

隐

她一直立在风儿
经过的路口
此刻的风，正枯燥地从四面刮过
拨乱她的长发，并将额头上几条
岁月的痕迹悄悄隐去

如今很多时候，她都是一个人
对着山间的溪水，拉扯那些
横在脸上的沟壑
似乎这样就可以忘记，埋在心底的一个人
和一些陈年往事

夕阳隐入山林
一些声音，悄悄隐没于冥冥的雾霭
她背起箩筐，向山下空荡荡的茅屋踱去
远处的山岭，此时如一匹枣红色的老马
背负着漫天的霓云，缓缓相随

不久，山路边的小溪
和她残落的体温，渐渐隐没于黑暗
与一片荒草之中

而那些岑蔚高大的树木，枝叶
依然挺拔

它们立于身后
郁郁葱葱，在岚雾中显得
越发
清晰而真切

葵花海（I）

梦的边缘，是崖
崖的边缘，是翻腾
冰凉的海水

脱逃于记忆之网，一条
干瘪的鱼儿
吐着忧伤的气泡，清澈、空洞、透明

而你依然在青春的蓝天里
独自涂抹
旧日子的云——
一种无法言说的隐喻
于夜风里流转

恍若那年，我们曾一同
瞭望的旷野
一种金黄、辽远的寂静

鸟儿无法呼吸
燃烧也变得如此
潦草和张皇

葵花海（Ⅱ）

让我们回到那一片
盛开的葵花海
用金子般的汗水浇注
太阳的古铜
曾经无数个日头底下，我们以花朵的姿态绽放
隐忍、一切暗物质的种子
埋于毂土和北风——一场比天空
更大的浩劫

让我们相聚于那一片
茂密的葵花海
让粗糙、宽大的枝叶
抱拥我们的身体
有多少个夜晚，我们依然可以昂首瞭望
看惊疑的柴鹭和灰雀，逃窜入金黄色的旷野
它们纤细的绒毛，在飘浮的风里颤抖
一遍遍地呼醒
我们骨缝间隐藏的灼痛

你是否还记得昨日
那一片凋零的葵花海？

——夏日风暴过后
天空中几片虚妄、缥缈的残云……

如今，那些花儿已被砍下了头颅
它们枯黄的秸秆一行行裸露于荒野
蓝天空寂，万里无云
飞鸟已逝
不知何日归还！

红海岸边的灯塔

千年的巴别塔倾斜了
将阳光的阴影堵满紫色
远处凝滞的白帆
不再是
历史

那些隐匿在洋底的
红珊瑚和宝藏
灵蛇般吐着亮光
宁静而邪恶地注视着
每一片悸动

多少个
没有魂灵游荡的风暴之夜
是谁
用沾满青苔的火苗
在徒劳的喘息中
颠沛那些
被锁进黑暗的一双双
惊恐的眼睛

野 马

乌云是草场
天空是池水……

冲涤岁月的潮声伏于
低处，冰河的记忆也未曾
消融于梦。而一匹马的头颅
此刻，自远古的图腾里
急跃而出

啃食胡风和朔雪，大开杀戒
在狂想的冰原和乐章里，逐雾追云、无拘无束

赤霞之下飞扬的
毛鬃细密——
这被原始驱动力鞭挞的蛮兽，披挂着昨夜
白色、蒸腾的湿气

当兵矢与枯骨暗默于
坚壁和荒冢
隐匿于四方之城内的片片石槽
在湛寂里收集余生的

雨水和朽痕

而天畔，依然会有驰骛中的影子
在月光下低吟
或者面对拂晓前的黑暗，昂首发出
风雷般的嘶吼

阳光下的向日葵

七月，枯燥的阳光

无休止地灼烤着远处枯燥的旷野

坍塌的土台松软

皲裂的臂膀无声捏碎一把醒着的泥土

等待收割的麦子，早已跌进干瘪的垄沟

鸟儿已无踪迹，连风儿也止住了呼吸

七月，没有一丝云彩的天空

低垂着瘦骨嶙峋的影子

它们披扬着蓬乱的发根，于缄默里张望

那些追逐太阳的花朵

在和太阳一样金黄的季节里

恣意地燃烧着

脸颊上蚀满一千层疤

就在心底里长成一千粒

晶莹的种子

等待一个雨季，为黑夜

披上黑色的铠甲

追寻月的隐匿，蔓生

无边的静谧里

悄然萌发

远与近

透过你身边的竹篱
我假装凝视池间
伫立着的睡莲

你眸中之雨淡淡地
飘过我头顶
浸染红晕的山岚

朦胧下闪烁的眼神
格外明晰两颗
清亮的心

被夜风彼此拉近
却又背着夕阳
刻意地走远

雨　滴

风中，你仰起头来的样子
我只能用眼神，无助地想把你
靠近，像是天空要抱紧
飘散的乌云。翅膀扇舞
飞翔，是唯一的姿态。雨点
也以飞翔的姿态，扑簌着
飞向你

玻璃填充的窗，剔透中敲打着
节奏的音响，没有时光
和记忆停留，也许本就
无须存在。花儿的成长不再重要
在热望和眷恋的同时，谁又会为几只
蝴蝶和蜜蜂的命运担心

毕竟我们，从来未有
为一场湿季的到来，做好
开放的预演。这些清脆的水滴，逃自天底下
最混浊的云，却能洗清我们身上的污迹
并润泽红尘里
那些干瘪的魂灵

被遗忘的第八个

精致的典藏还未合拢
迷幻的丛林，猎人在魔镜的影底纠结着
冷酷与悲悯。善良和柔美，不一定会招惹怜惜
也未尝将雪白馈赠
一颗狭隘的妒妇之心

红色的果是邪恶的毒。今夜
我要代你
将魅惑和迷醉吞服。梵音之语不需繁复
一个真情之吻
在童话的剧本里不该那么难觅

在这个被言语和行动透支的
世界中，我是被爱情
诵者和听者遗忘的第八个矮子
只能与自己，在幻想和诗歌的国度里
轻歌曼舞

黑暗的矿坑，灼闪的，是别样的钻石
与铁锄。无法走进你的城堡
我独自背离欢畅的人群

在传说的架构里，细细品味和揣测

往返复重的欢乐结局

晨光里的树

晨光里的树，是一棵
幸福之树

每一处枝丫的矜动都是
盛装的舞蹈
每一双张开的手臂都挂着
熙阳的热度

林木间斜露出的星点光影，敲打溪岚
及落寞秋风
红叶浸染着流云，在天空堆积
丰收的果

晨光里的一刻，多么幸福
这短暂的一瞬，林荫下沉睡的火绒草
于温煦的光线中
睁开了眼睛

那些洁白、纤柔的花朵啊
就这样点亮我们的心底
并轻巧地噤住
世间一切怨艾的声音

雨　夜

一切陷入沉寂，如雨点
偶打屋檐。摇曳的烛火
静候。惘然中，仿佛
丢落了什么……

黑色的影子
跌进墙角。窗外的北风
掠过四季，爬满
高坡的野草

存　在

我想此刻，你的一笑一颦
是骊黑色的

白的光线，揉碎中延展过发丝
的轮廓，包夹我汇入银水晶
清莹的壳体。心底最深处
无止的灼烧，像是纹针在裸露的肌肤上
刻蚀一瓣
玫瑰般忧伤的记忆

不知此刻，我的肩膀和手臂
该是何种样子？是随你眉角上扬的风
舞动，还是用合上的眼帘，将我
黑夜的存在，与孤独一起
做悄无声息的
掩埋

月　光

静若山谷空鸣，旷渺的幽叹
淡似流水轻扬，婉转过溪涧

漫漶处明朗，是神灵的眼睛
飘自云天外，皓白色的皎洁

当曀雾散去，灵音泛起
辰光在天边游荡
山影里疑有银霜浮现

青瓦墩台，烽火燃尽
灰蒙的狼烟升腾
在战鼓击鸣中隐入苍茫

时空冷却涸冻
翻滚的岩海
浩莽的荒原便驻留在
永世相隔的半边
——历史已经注定！

斫木声音稍歇

我低头淋洒
桂树荫里残落的余晖

见几多孤影
于空寂的黑夜
把酒高歌，独饮千年
怆然的独白

望他们，如何在
轮回的宿命里
坚实锁定
汹涌的骇浪心潮

树的影子

林中的小径不再向前延伸
溪水突然止住了呜咽
疲惫的鸟儿缱绻枯燥的巢
潮湿石头的反面，是一群黑色的蚂蚁
在无声地营造沙土里一座巍峨的宫殿

我踱出在风中吱呀的木屋
就看见远处那些树，岑蔚高大的影子
它们婆娑地矗立在黑夜里
像舞台上一块黑色的布景

我记得那些树木
原本也是一个个鲜活的生命
不知何时，在叛离了阳光的幕后
就被月亮的弯刀，割成一片片墨色的剪影
如同一只只没有生气的玩偶
被风的丝线牵引
虚妄地表演着欢笑、冷漠，或者悲情

在这个无名的黑夜，我吹灭窗前悠晃的烛火
摊开双臂，让树的影子

娇娆地爬上我纷乱的掌纹
看她们精心编排，宫殿里那些黑色的蚂蚁
怎样又一出心酸，或者荒唐的
悲喜剧

白　马

似风的轻灵掠过草地
滴答中不曾溅落一隙露凝
有花的润泽点饰雨的旖旎
泼洒月的银光
在夜色的柔媚中轻吟一声

芭蕉叶下摆摇着谁的影子
黎明的泪涟串不起凋零的
生命之羽
抖落黑色的碎片
喑哑沉裂于荧荧的河底

寂寥如今夜
看白色的精灵
伴清脆的铃音
轻盈地跃上我
崔巍纵横的掌心

流逝的

流逝的，是激荡的风吗？
在寒鸦无尽的瞳色里，呼啸着划过高岗上耸立的胡杨
蔓生的荆棘爬满干裂的泉井
暗河的秘密已不在跋涉者埋葬的沙底流传

流逝的，或许是云吧？
远远地飘荡几处蓝天外的皎洁
流动着的影子刻上烈日下的莽原
沉寂中撕裂，血色在午夜凝结
翻滚着击鸣天地刹那间的轰响

流逝的，必定是雨
淅淅沥沥打湿枝头残挂的叶子
悄无声息中坠落、湮灭于红尘中的泥土
晨曦的光线里，倾入遒劲的树根和枝干
借一抹清露，挥洒空间

流逝的，是奔腾的水吧？
混浊着漫过土色的堤坝和疲倦的双腿
胸口起伏挣扎的
是生的漂泊，还是死的归宿

是一个身影托起另一个身影
然后于无声的泪眼中，砰然倒下

可那流逝的，终究是世间永无穷尽的岁月
与轮回不息的日出和日落
青山交替着绿与白
江海最终枯成溪涧
只搁下光秃秃的河滩结满白锃锃的卵石

一半，是残破的瓦罐
一半，是碎裂的骨头

雨　季

雨季

淅淅沥沥淌下的

不是一片梧桐叶的泪水

石阶上两行足印已注满街灯

昏惨的背影

孤形单栖的池塘边，知更鸟早已飞走

粼粼的波纹摇晃黑暗里

一颗不安定的心

雨季

燕鸥春日里的躁动

漫得过一洼包容的海

柔软澄明的丝线牵不住天外

放逐的纸鸢

都市梦幻的霓虹

于湿闷的午夜

弥漫萨克斯调的暧昧

讪笑的水晶杯折射玫瑰般

香艳的唇红

雨季

孤寂里滋长的是冰的温度
深蓝色的烟环
锁不住枝杈爬升的触须
街角无人的咖啡店
尝过的苦涩已经冷了
在陌生的港湾
你又会以怎样的心情
漂泊在又一个
花落残红的雨季

剖　白

阳光在恰当的节点
摊开五色

纸笺翩舞过窗影
凝诗句两行

眸中浅笑的你，轻叩
半掩的心扉

九十七朵玫瑰
于盛夏的夜晚
悄然绽放

垂　柳

我踯躅芳草萋萋的河堤
望晚归的耕牛缓缓踱入
苍茫的雾霭

偶有几只轻盈的燕儿
不倦中飞过
夏日的炎酷，以及秋天的寒凉

当远处的山岭
在云影变幻中失去了颜色
我的脚底，不知何时已堆满
厚厚的白雪

我是亭前一枝弯垂的细柳
无声地陪伴你左右
在萧条里昭示
孤独的存在

什么样的季节，就欣赏
什么样的风景

期许一场暖风的到来
拂动绿叶飞扬
轻轻地……

就这样，轻轻地
挽住你的手
沿崎岖的山径
迎着落日的霞光
与你漫步，走进夕阳

奏琴的吉普赛人

阳光下高楼的阴影
遮暗了他半张瘦削与疲倦的脸
明亮的另半边，是灰褐凌乱的长发
披散着摊在肩膀

在一个喧闹平凡的午后
世界银行的街对面
他将身体蜷进一条石板长凳
时断时续地轻弹着一支
忧伤的旋律

这是多么普通的街头一景
而今天的我，却莫名地放慢脚步
去辨识和体会刻在他面前的
潦草字痕——
"穿越物质世界的灵魂之旅"

不知为何
那破旧的红木琴箱
与灰白丝弦里流淌出来的
呜咽琴声，竟突然让我

止不住泪流满面

或许此刻，我也是一位
浪迹天涯的卜卦人
用水晶球来感知韵律
节奏中，痛楚着心灵

最终，要靠一张纸牌来昭示
我和他未来
彼此相通的命运

纸　船

女孩儿
刻意将乖巧的心思，折叠成一艘
小小的纸船，放置于
水中央，随风离岸

我站在
河堤上，心儿随着夜风和波纹
一起游荡，轻漾过舞蹈着的花朵
和云影畔的月色

静静地
一层层，一片片……
像日子剥落笋竹和泥墙的一角

触摸着
你的脉动，和那些无须言明的
快乐感伤，以及柔展中爬满矮墙的
郁结藤蔓

铁轨上的黑猫

动荡与飘摇
整个世界的海水
堆聚于一片
洼坑里酣眠

黄昏锁住命运的喉咙
霾蒙深处，信号灯在前程
闪烁不定。酒醉的流浪汉
于桥下吐出
车厢内的烟尘，及腐烂铜锈

此刻，黑夜的精灵
于瞢暗中醒来
抖展开血蝠的披风，魔灵之影
无声落地——轻利、炫目
又如此危险

丰腴山体凸显月光下的细节
生命之卵演化
时钟的无序，及坚硬钢铁

汽笛莽撞地冲入冥夜之井
无底的洞隧内传来一声
凄美的尖叫

绽　放

我想此刻，你可以更多
绽放一些
将花苞和嫩白欲滴的娇艳，融入黑夜的
星星点点

天空是如此之大
月光下的土地，如此
空寂和辽远

我们在广袤的四维时空中偶然相逢
又恰好在万紫千红的世界里，存在为
交相辉映的物种。在各自的影底，做彼此
心照不宣的伴侣

我想此刻，你应该更多
绽放一些
不为内心的矜持
和世俗的规划绑缚

美好的时光，总是虚幻与短促
昨天的语境已陈旧，而明天

又太遥远

"那么你呢？"

我吗？……

我也会在忐忑的月光下面
试着开放花朵
或者借阳光的烈焰，干裂为一枚
绽开的
无花果实

夜的荆棘

黑夜里的荆棘
沿着幽暗的石壁和脊椎
滋生蔓延

我不敢大声呼喊！

哪怕只是轻吟一声
那浑身带刺的铁
也会戳破我的肌肤和心脏
于我的身体
开出一朵滴血的花

两个人的河流

两个人
偶然的相遇，是不是就像不同方向的
两条河流，在某个地点的汇合交集

是不是也可以于湖中央，用沙泥
垒起一座心岛

不必担心那些燕鸥的
命运，它们的身体会留给
白发的芦苇塘

或者用倔强的姿态
飞过河堤，和天空以外的
波澜辽阔

我猜不出一枝花的年龄

我一直都猜不出
生长在我身边的那枝
花的年龄

我记得她曾低垂着泪眼
在一个清冷萧瑟的黄昏
与我诀别，孱弱的身体
像风中一只干瘪的虫子

那时的我还不懂
所谓的离别、感伤或者爱情
也不在乎明月高悬的黑夜
和旭日燃烧的白昼，是如何轮换着
挂在我天空的穹顶

我有时会惊诧空气中静止的柳枝
它们刹那间的摇动
但却无法触及飘过的那阵风的心迹
困囚我的一洼浅浅的池水
我彷徨如一只雨燕的梭行
可那只乖巧明艳的鸟儿

在幽晃的波纹里，却发不出任何声音

但我还是猜不出
静静地生长在我身边的那枝
花的年龄
我曾眼睁睁望着她在伤感的秋风中死去
可仿佛一眨眼，她又在春天
淡蓝色的雨滴下，娇艳艳地摇摆着
唤醒我被茫茫冰雪掩埋了一世的寒梦

我猜不出一枝花的年龄
可是绵长的溪水
已在悠远的岁月里穿透
我一颗石头般
坚硬的心

春之神

牵风的灵动，撒播一种嫣然
花开的声响
徜徉缤纷的变幻，唤醒
蜂与蝶的心魂

借云的淡雅，抛洒几滴
林间晨露
在澄明的光华里流转
绿荫的叠影

蓝鸟声脆惊鸣
清澈的溪涧
柳枝翠挂，倒映睡莲
醉红色的迷离

蒲公英，放飞雨丝里
万盏灯伞，萤火虫
馥郁草地，点亮山谷
幽幻的清潭

冰川季已过去

可爱的春天女神啊
何时已为我装扮一段
五彩斑斓的锦绣归途

猜 心

弯弯的月儿映照村头
流淌的小溪
高高的白杨树下，静静地坐着
聪慧秀丽的莹儿
与笃厚朴实的大山

青梅竹马已长成
可大山还是不说话呀
只听见莹儿柔声的唱
和着石桥下清澈的溪水潺潺

"落日里远飞的天鹅啊
本该从不孤单
为何今夜独栖风清月冷的池边

觅寻不到思念的人儿呀
漂流远方的亲朋
何时才能相见？

可叹泳迤的湖水已经干涸
只望心上的人儿啊

早日归还……"

月儿俏皮地躲进云彩
雀儿含羞地闭上眼
高高的白杨树乐得弯垂了腰
大山憨笑着，连声夸赞唱得好
只有莹儿不说话啦
撅起嘴来，红彤着脸

猜不透一颗女儿的心呀
晶亮亮还在晚风里
怦怦地窜

雪　山

失却攀爬的峰顶，我们迷途于
高山的一隅

冰雪，与身体、与岩脊
一道凛冽，一道空挂着孤寂与坚冷

阳光的烈鸟此时泼辣起来
用箭镞武装起羽翼
刺破肌肤，然后贪婪地啃食骨头

一种迤扬的清吟于云端流转
若隐若现，仿佛游荡的魔神
呼吸和心跳就急促起来
空气显得越发单薄与渺茫

漫天的莹白，在灰蒙的空间里飘落
鞋底下的影子哀鸣
视线里包夹的，却满是史前的足迹和发根
绵长的雪霜，曾借飞扬的氤氲埋葬
并且封存那些温软的肉身

深埋的，或许就是你我祖先的血脉
于荒蛮处暗化为河，流淌着刻勒出黑黝黝的两岸
以后，干涸的土地上才有了野花、麦田、炊烟，以及牛羊
爬满高坡的声音

今夜，我们收集枯干的髓精和骨殖
在淡淡的月光底下
以黑色的石头，钻出火星

肃杀千年的雪山，此时变得祥和安服
弯下红彤彤的影子，与我们蹒跚起舞
也在静默里，成为天穹下一块
无处远眺的背景

钓　鱼

将锋利的弯钩深埋于腹内
因疼痛而扭动的柔体，比死亡本身更加充满诱惑
生活中到处布满了陷阱
你我要格外留神那些暗藏的剑铓与倒刺

漂浮的，沉不下去
沉下去的，也浮不上来
我的半生注定要耽沦于一片流云和烟莽
如几条鱼儿，在慵懒的夏日午后
于沙泥之间打盹儿

一半是期许，另一半是失落
西斜的夕光下，当我收起竹竿
背起空空如也的鱼篓
失望者，并不止我一个

不远处枯树上的两只兀鹫
耐心等待了整个下午，盯着一尊仿佛入定了的肉体
它们才惊觉，那位此刻仰头叹息的垂钓者
依然是某种生动的活物

风　云

——纪念中日甲午战争 120 周年

海天一色，云雾苍茫
秋凉的风，拂过山岩垒砌的
漫漫长堤

沙鸥止住了白日里的喧嚣
沉默中，铜绿斑驳
是百年的炮台
孤独耸立在荒草萋萋的崖顶

远方，汽笛声鸣响
黑色的云朵在天边堆积
仿佛一支铁甲舰队
迎着落日的霞光，出征启航

曾几何，风暴骤起时
舰铃响彻、雷电狰狞
血色的残阳下，燃烧的船壳
和破碎的肢体
于无边骇浪中灰飞殒灭

家园凋敝。帝国崩塌的影子里
有人摇尾乞怜，苟且偷生
有人慷慨搏击，无畏中死去……

当夜风吹散漫天的浮云
厚重的铁锚，早已爬满历史的青苔
而关外的弦音，低沉奏响
悠悠依然！

月光下涌动湛蓝的海水
是谁？昂首伫立
墨色的帽带飘撒于风中

云山外隐隐回荡，似水兵们战斗的怒吼
以及炮弹掠过天际的
滚滚轰鸣

冬　窗

屋檐挂满冰凌，霜雪凝冻
我的脚步
即使屏住呼吸，那些闪耀着的晶莹
也会借孩子们幻想的指尖
在身体里长出一棵树、一块石头
或是远方山峦
重叠的模样

没有牧童短笛
和缥缈的
霞光、落日
雾山的背后，我如期而至
远远凝望着你
一朵璀璨的花儿
俏生生立在青草地
扬着春风里一抹粉红色的微笑

我心中的孤寂，瞬间变成黑夜里
惶然滋生的竹
喘息着爬出雪埋
枯燥地立在你冬日的廊前

成为暖暖花房外
一棵无人留意的藤蔓

薄薄透明的窗
一面没有温度的墙
隔断冰与火
是你我存在的两极
交结多少深情的回眸
却听不见一丝我的心跳
也透不出轻柔的呼吸
和你沁人的芳菲
温暖
我世界里的冰凉

阁　楼

——阳光之下，并无新事《圣经·传道书》!?

其实渺无生息的地方

总是落满灰尘

就像这堆砌荒凉的阁楼

摊在角落里，一座停摆的钟表

银色的圆盘标注着时间的句点

镂空纤婉的指针

像舞者纠缠着的两只细脚

一阵风偶尔拂过

但吹不动橱框，娇灿灿

镶嵌黄金的花朵

其实阳光照得到的地方

总是会有阴影

就像一只色彩斑斓的蝴蝶

在浪漫里追寻没有香味的粉蕊

翩翩飞过

那面残破的百叶窗

岁月里无声的阁楼

水渍斑蚀的顶板

光亮亮垂下一条晶莹的丝线

也轻摇八只恬静

贪婪的眼睛

在挣扎着编织一张血色

却无人可见的

网

白云飘过的山岭

静寂里，我听见一丝
流水的声音了
懿美中柔婉，是你
靠拥着的手臂

一朵白色的云
飘浮于山顶
我的身体，倒显得
厚重与沉稳
缄默中刻满，怪石的
嶙峋

风儿轻拂
白云悠转
遮挡住
山岭的逶迤
明朗的心此刻，便黯淡下来

温暖的手臂在
溪水也在
崎岖的山岭，偶尔也在远方闪烁
忽隐忽现

贝壳里的美人

月光的薄纱，轻漫湛蓝色的海
云楼微凉的风，吹皱了经年夜的忧伤·
贝壳里的美人啊
是否迷幻于水晶宫的梦影
寥寞的心情，爬满紫珊瑚透明的惆怅

我要起锚于一湾布满星光的港
驾乘月的扁舟，追随晶亮的鱼儿，潜入幽暗的汪洋
贝壳里的美人啊
你是海龙王的女儿，为何将神的精灵和青春的花瓣
孤单地锁进石头炫目斑驳的纹斓

会有不平静的夜晚，伴着雨的风暴和雷的轰鸣
我残破的躯体，在奔腾的熔岩中燃尽为没有生命的流沙
贝壳里的美人啊
那晶莹闪烁的珍珠，是滴在你心里的泪呀
和我胸膛干枯的血

遍处荒草的孤岛，守着多少日落和潮升
当夕阳老去，礁石已刻上心酸的皱纹
贝壳里的美人啊

是否还静静地等待一个满天绮霞的黄昏
沙滩上暖暖地走来浪里行舟的少年，弯腰将她轻轻拾起
带她去远方聆听，流传在风中的那些
海的声音和鸥的遐想

流　水

浮云，或是一炷
香的前生

灰瓦红墙隐去
袅绕千年的，依然是
祈褥的声声低语

昆仑丘墨了，又转青
遮不住一盈
淖弱的秋水
伏羲屈膝眺望，大地奔走的鸟兽和天上
流转的星辰

"白露未晞"
"骹彼晨风"

是莲花座下
不语者
轻拈的一瓣

将余馨交付来世
一江
向东的流水

Sorry，爵士先生

——神说，让牛顿去吧！万物遂成光明

对不起，爵士先生
在这样的时间，和这样的地点
叩响您庭院神圣的大门

此刻的您还忧郁地缩在角落
抱怨窗外刮进的冷风
您披散着卷曲的头发，像极了一名宣读判决的法官

您可能不记得我了，爵士先生
我是那个住在后街，穿着马靴的男孩儿
我是来向您坦白
我并没有将一只苹果，砸向您苍白的前额
或者，如果能使您快乐一点
我现在可以再次
将一只苹果砸向您

您看起来真的很不快乐
因为您是孤独的，或者
这个世界上有智慧的人，注定是孤独的！

那个被您抓痛手指的姑娘，最终嫁给别人了
但我还是想让您知道
尽管折叠的玻璃可以拆解光线
但那些刻画在纸张里的火焰，真的燃烧不了什么

我其实更喜欢您思考中的样子
就像现在的我，握着您
没有温度的手掌，只能保持静止的姿态
我多么希望能拉紧您
走下这座冰冷的石台
可是我模糊地感觉到
您也想同样地拉紧我，不让我离开
但我却被四面包围的树木
胡乱撕扯着
最终还是您推了我一把呀，爵士先生
让我能尖叫着，飞速跑远

可是这里的一切，真的是您希望得到的吗？
我手里的书只枯燥地标注
您一个人的名字
我曾嘲笑过拜访您的那位驼背先生
我不用骑在马上，也能比他看得更远
可您是骑在谁的肩膀上呢？
您的谦逊有礼，更让我心里觉得不安

让我陪您一起去海边吧
到沙滩上捡拾一些闪光的贝壳或石子
如果能使您高兴
我可以把那些最漂亮的全都给您
或许我们可以抬头望一眼
远处翻卷的波浪，如果这样
您一定会觉得快乐一些
于是我们大家也都会觉得更加
快乐一些

古　堡

群山之巅，威严、壮丽的古堡
鎏金的塔尖直入云霄，将紫色的苍穹刺为两半儿
灰白的石墙森冷，镂刻怪兽的铁门紧锁着
把城市的魅惑和堡垒的忐忑包藏于心

黑色是黑夜的面包
却需要靠光明来充饥解渴
衣衫褴褛的男孩，跌撞着逃进湿冷的磨房
银色车马，驾驭着呵斥里的乖张
风驰过石街

竖琴的余韵悠长
天鹅绒般瑰丽的舞裙旋绕
水晶杯漾满酒红色的丰腻
金碧辉煌的大厅，公主和王子离去
伯爵的舞会已然散场

矗立千年，爬满青藤的古堡
锈迹斑斑的铁门敞开着
纠缠的，是夜与昼，或者就是此刻
黑色的帘与窗犹疑中退化为最后的屏障

蛛网攀扯女巫的魔咒
在圆月影里结满冰冷的水牢墙
漆黑中，无数只眼睛在窥探
飞夹着蝙蝠般的狞笑

困顿的石头，在荒芜的岁月里
风化为土，孤独便与鲜血为伴
在风雨雷电中长眠，或许得以永生

蓝天下，苍凉的古堡
像湖水映着的一支玫瑰
在某种流动的味道中娇艳欲滴
又在瞬息透明的空气里
凋零，然后于干瘪之中死去

回　望

我们赤着脚
蹚过的河溪，久已不在心底
最深处流淌了

坡上的老屋，和门前那条沙土路
已经泛黄在
湿闷的相片中

一只雏燕，在春天
飞翘的红瓦上，望着风中
摇摆的柳枝出神

而此刻的你，依然踯躅在
黑夜里，听星星划过
头顶的声音

候鸟纷飞的季节，我们也一样
背负着时光奔走
将年少的面容和记忆，遗忘于多少
无名的渡口

泥泞里的足印
被风干成一串串
身后凹凸不平的风景

你依然能触摸
它们嶙峋的骨架
偶尔也能感觉到
里面吹出的冷风
鞭打的痛楚

但已经无法再转身
以一种纯真的笑容
走回那张蝉翼般透明
而又单薄的画面中

时间的河流

时间
我用双腿站在同一条河里
在麻木中感觉到
沉陷、疼痛、水的静止，以及
沙石的滚动

总有些意外
让我们认不清
阳光是如何在
地平线某一个角度短暂地
停留，然后用抛却黑暗来包容
明月、星光，和生命中一切的阴晴与圆缺

那些关于树影、枝干、昆虫……
在四季里，随颜色和呼吸的变迁
从婴儿的第一声啼哭开始
用一块石头的印迹，精算着何时
耕作与成熟

当然我们会在某个不同的角落
重逢，也会在无言中倒向那条从来不曾

休止的河流

它曾呼啸着流淌过我们祖辈的
血液与骨骼，最终也会漫过我们，然后奔向
最后一片，或为可知的
茫茫前途

正晌午时的哲学思考

正午的阳光，慵懒地照着
光溜溜的脚板
我斜靠在楼底临街的石桌旁
揉开惺忪的睡眼，继续研读
我最爱的文章——
"关于生活意义的哲学思考"

嘈杂的马路突然变得雾气蒸腾
是街对面，王家铺子又出锅了一笼
白壇壇的大肉包

每次见到那位王掌柜
就会为他的生活有种莫名其妙的
怜悯和忧心
每个清晨，他天不亮就起床
在黑漆漆的烟囱底，一直忙到太阳西下、夜静更深
看到他白圆圆的脸庞
就在心底里想像，包子是如何油腻着
填满喉咙
并堵住他们的血管和神经

可怜的他，完全不懂柏拉图的
理想世界，也不关心生命存在的
美学含义
他和他们，就像苟且偷生的蚂蚁和雀鸟
一生的忙碌只在于
粮食和求生

可是我思考的人生课题，多么
复杂和深邃
哪怕正午的阳光拥挤着堆在我身上
我也感到分外地孤独和寒冷

想到了蚂蚁和雀鸟、孤独和求生
泪水就莫名地模糊了我的眼睛

"大学生……"
不知何时，我的面前放置了两只
冒着某种神秘香气的包子
接着上面就浮现出一张白圆圆的脸庞

"还没吃早饭吧？书念得越发瘦了……"
不知为何
我竟从那捏在一起的嘴角和眉目间
读出了一些
怜悯和忧心

"孩子，你爸妈生了你，
你可得好好活着!"
……

旁观者

丛林中的纷扰常使我们
惶恐莫名
作为风向的盲从者，我们喜欢借
蜂情涌动，有节奏地
摇摆身子。随波逐流
让我们觉得高尚，并且
远离危险

一些潜游的鱼儿，涵盖范围超出了
网底的视野。当然，它们有自己黑暗的
驱动逻辑
因为洞察和了解，所以表现出
轻蔑，或是彼此的
心照不宣

激起的水纹，偶尔会打湿
羽翼。我们在麻木、战兢和恼怒中
不发一言
或者也一样荡出水花来，并欣然
游弋其中

我们都是一群善良的
旁观者，呆望着浊水中的鱼儿
挣扎着窒息，表情
忧伤，并且无辜
却于无意中成为一次
谋杀的帮凶

对　望

阳光
透过纱幔、鱼缸和水
将莲叶与石桥的影子，映在
房间的地上

他望着
圆玻璃中的一条鱼
在午后
一个人发呆

缸里面的水清澈透明
鱼儿也游得漫不经心
偶尔在水面，吐露些气泡
它瞪着鼓鼓的眼睛
仿佛池塘里一个
溺水的人

空荡的房间，一如往日般
浑浊不清
四壁没有棱角，就连它身体中
最坚硬的部分，也带出某种

延展的弧度

像是河岸边一条久久

搁浅的鱼

第五十夜

最初的开始，似乎
早该忘却，其实一切并不需要
太久的等待

夜幕降临。静寂中的万物
与你、与明天
在沉默中昭示星光
和大地的分割

华丽的辞藻只是
外衣。我所眷恋和求恳的
是随季节变幻，自然的风
不经意的流动。婉转或直白，都源自
我的心

黑暗里呼吸不变，心跳的节奏
也就不变。总会有相同不同的
心境和意境，纠缠在
这秋后微凉的
第五十个夜晚

莽　原

面前的一切，毕竟是曾久久
驻留于我们梦境的
浩莽荒原

几只黑眼圈的羔羊
呆立于灌木丛，紧张地竖起耳朵
在极力地捕捉空气中任何一丝
危险的气息

烈日下盘旋的斑影，那是
驰驭云霄的鹰鹫。它们
只是想比沙棘树冠更加接近
天空的真实

荒草蔓生着彷徨。掠食者
毫不遮掩，赤裸着
将死亡和杀戮暴晒在阳光底

雨季来临
月光下葱郁的草场

野羚羊跳跃着，犄角开始向着空气
弯曲地生长

而翱翔的鹰鹫，已裂为暗夜里的
碎片，惊旋于梦境
让我们拖着沉重的跫音
疲惫地回归这片
荒蛮的草原

天边吹来的，是远古枯燥的风
野菊花瓣儿凋落、干瘪于丛林深处
埋藏灰褐羊角

飞尘扬起，漫过沙棘树顶
张开为烈日下盘旋的无数颗
黑色斑影

树与林

给我一片碧绿的叶子吧！
让我借幽然的月色
于石缝，长成一棵无名矮树

请用你温软的丝蔓
将我孱弱的肢体，缠绵拥绕

清晨，我们一起聆听鸟儿
窃窃的低语
夜晚，我们被苔影笼上
淡紫色的纱衣

风雪和严霜侵凌
我们紧紧靠拥着彼此
尽管偶尔也攀比着
阳光雨露，亮丽明媚的滋长

在一片湖光山色里
我们终于第一次看清
各自的倒影

你一直是万顷绿野中
最姹紫嫣红的一种
而我只是你身后淡墨色
萧条的背景

或许，白云和野鹳
被微风和波澜荡得远了

一颗明澈的湖心
摇摆着岑岑翠绿

不见树木
只见森林……

风雨客栈

无人知晓，这残破不堪的客栈
已在岁月中承接了
多少的风雨
在这个熙攘的无名小镇，在这条通往一片
烟莽的西行之路上

鸡鸣三遍赶路
日落西山投宿。往来的，是渭水河畔
踏青的雅客、文人
从唐宋盛世跃马而出的骠骑客帮
以及千里戎边的徭役和军犯

泛黄的酒旗在风中翻卷，混杂着浓烈的
脂粉香气
和放浪无羁的大笑

当杯盏和烛银在翻倒的木椅旁
骰子般散落满地，昨夜残羹已冷
远遁的蹄音
于暗哑的蒿露与莎草之间滚落……

只有屋檐下

风雨中那盏摇晃的马灯

依然昏暗地照着门前的黄土道

看不清是前路，或者

是谁的归途

中　秋

天色终于黯淡下来

他将身体
蜷缩在一棵大槐树下
向村口的那条土路，眼神
空空地张望

今晚的月色格外明亮
地上的大黄狗
叫得也格外地大声

他将整个脸庞沉浸于月光里——
银白色的须发
山岭一样的皱纹

到后来
他直起身，蹒跚着向敞开的
老屋门口踱去。此刻
灰白色的月光照着他的脊梁
像是突然有了重量
压得他喘息、咳嗽起来

他剧烈地咳嗽着
最后，竟然咳嗽得
泪流满面

爬过日历的虫子

午后的阳光
淋洒过窗前

寒冷的十一月
我的书房里，因为
这突如其来的明亮
显得虚幻，而不真实

此时书桌旁的日历上
正幽雅地爬过一只青色的虫子

它臃肿的身材
蠕动在一条瘦削
而又笔挺的单行路上
——仿佛庭院里
吊着的两条细藤

无须回头
那只虫子，正信心满满地爬进
象征丰收的九月

记得我也曾一样
热盼着，于一个好天气里收获
挂在枝头上的丰盈瓜果
却发现它们已于前夜
被偷吃干净，只剩下一支
弯曲的果梗
就像此刻，那只虫子所悠闲
爬过的七月

我亲手栽下的秧苗
曾在五月里盛开，花瓣
也还未合拢
却被那虫子，歪咬了一口
然后慵懒地爬进春寒
料峭的三月

这里，它终于可以破壳而出
长出翅膀，色彩斑斓地
翩翩飞走

可是属于我的三月
依然在书房里摊着
两手空空

一条虫子，用一个下午

就爬过我一年里的
大半儿多日子

而我活过的每一个日子
只剩下脑门儿上几根
稀疏的头发，其他的
都已于无声中撕去，被抛进一只
杂乱的
废纸桶！

天空之下

天空之下
大地
深沉辽远

白的月光
如你

而那些灰黑色的
是我的魂灵——

世间游荡的
一抹尘

进　化

你是否也负担于我
相同的感受？在言流的语堤上
分立，倒因而更显出彼此
呼吸和运命的相生依附

以光线的角度和速度
隔的距离远了，能感觉身体的
柔暖。而太近，则可能被炽热
点燃。白天，我们睁开双目和
嘴巴，为彼此做相互的守望。夜里
又分居于各处，享受和忍受
各自的寂寞与孤楚

于是有人说，我们是来自某种神秘的制造
不信你就在黑暗中背对镜子闭上眼睛低下头
你会看到身后，有白色的翅膀和光亮裹住你
救赎你的原罪，并赐福你的来生
但前提是——
你必须相信！

可是我在忐忑不明的审判前，无望地猜疑那些草

籽和蚂蚁

它们或者和我一样，是某次偶然和必然

叠加的物种，以最原始的方式

借助风雨和雷电，在荒蛮的汪洋里做彼此相互的

结合和吞噬

当洪水退去，褐黄的土地裸露出丰满

我们终于可以在绿色的森林里

褪下血淋淋的鳞甲、尾巴和毛皮

相互偎依着，用站立的姿势，搭建另一片

泥土和石头包围的丛林。在那里

我们以文明重新定义，棍棒和石块

争斗的野蛮

应该用头脑、笔……

或进行时，一切以幽雅

但更有效的方式

关于未来，你我还没有堆积

足够的幻象。环顾四周，我开始相信

我们终会爬升到某个螺旋最初的原点

就像对一面镜子，我们摊开的两只手臂

在不知觉交换后，又自然地摊在

各自的反面

抛却繁杂的思维逻辑，我们终会来到又一片

荒蛮的汪洋。在那里，我们以最高进化的方式
对望。在风雨和雷电的下面，犹疑着是否要
彼此结合，或者开启崭新一轮幽雅地
相互吞噬

遥　望

黄昏，我脚踩着柔暖的细沙

眺望天边翻滚着的云

那是夕阳下面

彼岸飘起的炊烟

那里，很多年以前

一定有人

赤着脚，踏着尖石来过

裸露的胸膛上

挂着兽骨和贝壳穿成的项链

那时候，大海

是无垠的

深蓝色的海水

倒映着夜空下的

星光点点——

今夜，天空

也是无垠的

我禁不住地想

很多年以后
在那遥远的天际，海的方向
会不会依然有人于寂寞里眺望

猜想着，夕阳下的沙滩
是谁
曾赤着脚来过

恒星落山后的天空
依然被他们称为黑夜

而那时，缥缈的星河
轻轻拍打着堤岸
却已经不再是
辽阔无垠的了！

那一年

——献给成昆铁路建设者

列车呼啸着盘过崎岖逶迤的山岭
隧道和铁桥在车窗外交替闪现
忽明忽暗

百家岭巍峨的山体遮住了天日
大渡河，仿佛从远古的旷野
奔流而至

雪梨花在树丛间依稀闪亮
那一年，冷杉树青涩的枝条下面
我望着远处云岚飘荡的山脊
父亲衣帽上的飞扬尘土，和一只惊起的
白眉雀鸟

溪水在石滩边缓缓流淌
多年以后，云崖深处传来的声声震响
还时常于我梦中萦绕
向阳的高坡上，有一排灰色的坟茔
荒草间的五角星，色彩依旧鲜红

那一年，浸满汗渍的布衣藤帽

在太阳底下泛着银光

白雪压着枝条嘎吱吱作响

而父亲于皱纹垒砌处，发出的轻声叮咛

在岁月的风中我已然

听不真切

敲钟人

锡蛇鳞光，乍闪过褚红色的屋顶
天海交界处，乌云翻滚
落日的霞靸摆摇致命的毒信

暗涛汹涌，拍打堤坝和城垣
雄狮张开双翼
宝石蓝镶嵌的星幕下，大理石
空荡着迷离样的青白

一声幽怨的叹息
来自我胸膛里的黑夜

镂刻的花窗外，溪河缓缓
流过昨日
远处飞鸟归林
人间的情侣，轻摇花伞
在拱桥下低吟拥吻

而高耸的塔巅之上
那位披羊皮的摩尔人，依然
孑立于海风中，头顶朝阳和星斗

望尽千年的潮汐与雷鸣

当晨钟敲响，尘世间的万物
似乎于两分钟内，消隐于
雾壑茫茫……

我弯下腰，将手臂探进石罅
斑裂的最深处
从低洼的生活里面挤出一滴
凄恻的泪水

天鹅与少女

她一直低垂着眉梢

它也低着头
啄食地上的青草
偶尔，则高仰起脖项
优雅而矜持地环顾四周

在这样一个安静的清晨
早起的晨练者，听得见四下里露珠
敲击
叶片的琵琶声……

它忽然扇动了一下洁白的双翼
在与我擦身而过的瞬间
也微微荡起了草地边
白色的裙裾

而她
终于从厚厚的书页中抬起头来
微笑着蹙起眉尖，似乎在表达
一种嗔呵

林间的雾气

正缓缓散去。天边的云朵

此时悄悄闪过了

一片绯红

无外乎两种

拨开俗世
遮眼的烟云，其实
所谓的人间之事，无外乎两种

比如：黑与白
黑——是夜的沉睡，万物的消声与隐匿
白——是云天的光亮，与缤纷花色的
交集和呐喊。而我们
挣扎其间，对一切命定的事物
徒劳辩解，但束手无策

比如：大和小
大的，如山川、日月
小则如滴水，或是一粒风中飘起的尘埃
我们居其间，以滴水和尘土置换
血液和骨头，将身体延展为无边的
江河湖海

行于天地间，群居
还是独处，淌过屋前缓流的溪水（清与浊）
我们听风中枝叶的摆摇（静与动）

望季节变换中草木的枯荣和冷暖……

"心中自有菩提意，窗外秋山始入帘"

但当你
在日夜交替之时
于或明或暗、不上不下、非此即彼之岸
怀揣一颗无恨无爱、无悲无喜之心

或许可以
在过去和未来之间，捕捉到某种
真实的存在。那一刻
瞬间，或为永恒！

韭　菜

我有草的质地，于清晨
挂满露水
任四季的风鞭挞，在夜晚
向黑暗低头

请你
以霹雳之火点燃
让我于一场秋风中燎原

还要将一生的痛楚交付
让泪流
在荒野间泛滥

或者，用锋利镰刀
将我的头颅斩下

古老的祭台上
我只是羔羊的滴血，和死亡结出的一枝
洁白色花朵

出 塞

天之下
大河落日，风轻云淡
恍惚间，我们仿佛又回到
汉时的边隘

回首望去，严霜凛冽
故乡已远隔万重
关山之外

朔马于北风中嘶鸣
你奏琵琶，秦时明月、汉宫秋月……
我吹羌笛，杨柳不青、春风不度
却都是一样
满腔的别情，和满眼泪痕

明日，让我们一起
踏上玉关险道，远走天涯
任凭一路的黄沙和荆棘

到头来，只愿留得
香溪河畔片片的桃花游鱼

和两片青冢
淹没于碧草云天

和一条鱼学游泳

黄昏下清澈的河里
我模仿一条鱼的姿势，笨拙地学着游泳

我是逆着溪流的方向，所以游得格外吃力
而离群索居的感觉，又让我格外地骄傲与伤心

堤岸上的花草，一片片于韶光里游荡
河水倒影着天空迷幻的点点星辰

云霓外的崖壁，此时浮现起
一块墨蓝，像是田野里
低头劳作的耕牛。它们哞哞地叫着
动作机械般跳跃
在驱赶着一些拖驭犁铧的人们

那群人里面，有的衣冠华丽
有的身体赤裸。他们肢体扭动着
罗列成各种形状
像是夕阳下舞动着的墨色文字

岩壁前的半坡上，我却惊讶地望见

一缕炊烟，缓缓地向上升腾

是一间精致的草屋，隐在花丛
一位披着长发的少女，正在河边淘洗
陶盆中土色的米粒儿

面色朦胧的，是两个
裹着兽皮的男子。他们骑在屋后的树上
在各自吹奏手掌里半截骨笛

笛声悦耳悠扬，但很快变得尖锐
闪亮着，化成两把犀利的短刃

风吹过的瞬间
土坡上的一切，就被爬过的裸鼹鼠吞噬干净
它们伸着肥胖的脖子
吐出许多灰白的秸秆，仿佛一条条
灰白色的肋骨

此刻，花草和星光都不见了
拙朴的陶盆摊在石滩上
显得幽白，河水却被染得通红

我依然在河里，模仿一条
鱼的姿势，笨拙地学着游泳

……

若干年以后，不知是谁
用一只大手，将我从泥土里拉出
让我和陶盆上的鱼儿一起
裹着黄昏里的血色，惶恐着
重见光明

117

鸽子

鸽　子

墙角笼子里，沉睡着一只鸽子
俏丽的羽毛蘸满了墨色
可是我不会在瓶上涂鸦，任何关于
酒精的媚感
就像我不会去安慰将要临刑的
囚徒
然后偷偷为自己锁在外面的身体
感到心安理得

可是我同样被笼子锁住的青春，还有
我的爱情呢？

我断折的双翼飞了多少夜
就有多少
虔诚的歌者，于黑暗里
徒劳地对奔逝的流水
祷告。可惜一片木舟的背脊
托不起命定的沉沦

黎明前上升的远山，在流光
绮霞里燃尽

铸满天空的诗篇，然后把我
倒挂在春天，嵌满星光的树下
嘴里还残留一枝橄榄
苦涩的余温

惊叫中颠旋的黑夜
沾满血色的酒瓶斜倒着
远处破碎的笼子里
那只沉睡的鸽子，痛苦着
但已经醒了！

痕　迹（Ⅰ）

飞鸟已逝！

腥闷的空气中残留
羽翼
瞬间的划痕

秋雨过后，林间的树梢
饱含露水
在风里久久颤抖不歇

我坐在向阳的高坡上
望着落日沉沦于黑暗，在天际
涂上最后一点血红

此刻，世间疾走的步履
疲惫中已蹚过昨夜
暴涨的河流，泛起泥沙之上
几处细软的波粼

痕　迹（II）

清晨，浴室的镜子前
我常会看见身后
黑暗中一些弯曲的影子

他们躲在我头发及尾椎的后面
面目模糊不清
那一刻，我仿佛看到一群古猿
从林丛里爬出，直立着走动
他们用棍棒捕杀，以石块取火
在荒坡上耕植金黄色的稻谷

有时候，从抿起的嘴唇
和展开的双臂间，我能看到盘起的胚胎
里面的一只只幼鸟，它们翅膀的折叠和进化
偶尔，从喉咙间的收缩和痉挛中
我会望见一条鱼，或者是一条蝌蚪的游动
它们用腮和肺呼吸
丢掉尾鳍，缓缓地从海洋爬向陆地

我时常会猜想
我的先祖是以何种笔法

将他们苦难又漫长的生命历程，隐秘地
于我的身体里留下痕迹
在我幽暗的瞳孔，及紊乱的掌纹深处
他们一定留下了某种隐晦的暗喻

现在更多时候，我则顶着一颗
硕大的头颅
时而安静思索，时而压抑和愤怒
尽管不时地，在夜半时分
忍受自脖项及腰间传来的
被文明压迫的一阵阵疼痛

夜过新河峡

我们是黄昏以后抵达的

远处的拱桥像一张弓背
架在两座葱郁的翠峰之间

摇动的山脊是风中
颤响着的弦

我们要逃离黑暗
我们要到挂满星光的地方去！

当车辆行驶在云端
我们却都小心翼翼地弯下腰杆

仿佛在提防丛林里面激射出来的
一支支冷箭

夜的声音

凌晨两点十三分。无边的黑暗……
我从令人窒息的梦魇中
惶恐着醒来

窗外，游走的枝叶屏住了月光
低洼处隐现溪流的恸泣

远处的山林，空荡回响
一只孤鸟的哀鸣
整个世界已被锁进深深的雾蒙

邻里的灯火微弱不明
夜风淡扬轻声的哼唱
像是安慰谁家啼哭的婴儿
空旷的街道，忽然有了些许窸窸窣窣的声音
是晚归的夜行人，还是另一个
孤独的无眠者？

夜色更深、更冷
我在恍惚中摇上吱嘎的木窗
那些属于黑暗里的一切，就像一场老电影

突然失去了声音，只留下空白的图像
瞬间消逝在背后阴冷的空中

在这个静寂的黑夜
我正思索着该如何逃离梦境
重新安然睡去
却忽然听见屋檐下传来隐隐的敲门声

让我在凌晨两点十三分
从令人窒息的梦魇中
惶恐着醒来

老扎匠

太阳落山以后，他放下油亮的烟斗，借灶台里噼啪作响的炉火，开始摆弄一些土色的芦苇。红通通的热气里，一会儿光景，那些细长的芦秆就变成各种奇怪的形状，支在角落里，像是一堆白花花的骨架。

夜风吹过老槐树杈，沙沙地响。那些挣扎中的骨架，已被笼上幽白色的月光。一支秃笔，在颤巍巍地画，像是描绘前生，或是来世里的亭台楼阁和牛羊车马。空荡荡的土坯房里，渐渐变得格外地拥挤。鸡鸣两遍，他立起身，将一朵粉花戴在一位舞伎的头上，然后咳嗽着望向土屋房内，像是在欣赏一件件精美的工艺品。

天刚蒙蒙亮，就有一群着黑白两色的男人急匆匆地进来。他们手脚麻利地将那些舞伎，以及牛羊马匹扔上了一辆大货车。老扎匠还没来得及跟出门，那货车已经飞驰离去，只留下板凳上的一张钞票，和散落满地的花瓣纸屑。

他摸索着要找寻那支昨夜的烟斗，背后却隐隐传来几声闷响。不一会儿，雾气笼罩的后山坡缓缓升起了一束黑烟。老扎匠轻叹了一口气。仿佛此刻，他用半生辛劳扎制和描绘的牛羊车马，以及来世前生，于这两分钟内就已全部燃化为灰！

黑天鹅之舞

半个幕帘遮挡住远山的轮廓，春意葱茏
银色弧光摇晃湖心里的静谧，几多涟漪

黑夜的羽翼，缠绕墨色丝藤
于云影中旋舞
邪魅与骄矜，伴着潮汐隐落，布满森白的石滩

月光里放逐，暗礁上的鹰眼
突兀一片

琴音低瑟。有种异样的盈动，于晨曦里吟呻颓荡
林丛中的鸟儿，翩跹状波浪样展翅

当如火的冶艳，薄披日暮之暖，赫焕于足尖
洁白的优雅窥于云霓，也一样交织着恣肆的娇喘

寒光的冰影翻倒灰空内的恫骇
一种渴求，或死意
在灵光中逝溢出池外

潮声雷动，四野空鸣

蓝天下，只留得一支白色翎羽
于无边里飘荡……

瞳仁里倾出的是湖水样的清澈
雕花板阁，倒映着空洞
和流泪的一双
滴血的眼睛

与一朵花对视

与一朵花对视，将殷妍的夭红埋藏心底
把四季与昼夜的交替握在掌心

黑暗的甬道悠长
生命的灵光乍闪，只需短暂一瞬

一瞬间，蝴蝶在春风里
完成一次展翅

一瞬间，足够让我们忘却清晨中
云的流动、叶的凋零，以及一棵
乌桕树的死去

目光里的月光，游离于尘世的动荡
昨夜萧寥的回音，在雨镞的冰点外无处遁形

此刻，一朵花儿
孑立在血色的雾蒙中与我对视

而昼夜和四季依然
幽浮于蕊间，寂静无声

秋　殇

期盼你柔情似水的眼神
羁绊我蹒跚离去的脚步
我疲惫的双腿
已无法承受再次的漂泊

树影迷离，叶脉里的远山
清冷，夜莺也不再悲啼
千年的幽兰，又绽放了吧！
萦萦绕香于纤纤的手指
月光掩映你紫色的罗裙
那是我一生所见过的
最美丽的风景

秋波里荡漾，款款流连的
是你娉婷的身影
我寂寞的灵魂已历经太久的孤独
北风凛冽，翻滚枝头上的乌云
我就像战兢的秋蝉
深深地锁在一棵枯木
密匝的年轮里，被苍老
和坚硬的石头噤住了声音

期盼着你的归来
徜徉在明媚的春天里
我就像久已干涸的河床和种子
等待再次的萌发
在你晶莹秀发编织的绵绵细雨中
幸福地化成一片吐丝的柳叶

黎明的叶片微微沾染凝结的晨露
是昨夜闪烁在你眼中
溅落在我心中的一滴泪
你悄然地离去，留在我身后
薄雾里的那片苍茫，一直是我内心深处
最痛的伤

界　限

我们已被长久地搁置在
黑夜与白昼的
边缘

华丽和犹疑只是惊惧
徒劳掩饰的
借口

一抹晨曦，将木丛
杂乱的背景
烧灼于臂弯

幽暗里传来，水溅落
无际的空荡
以及心裂的声音

在这个开放，却注定
无法逃离的
灰色地段

我们该如何承受

懵懂不醒，与即将
撞来的运命

还是坚定地踏近
阳光底下
极度的
悬崖陡壁

背　绿

坚石，或为远山的脊梁
凌厉的风刮过翠柏，不发出
任何声响

阳光低垂，纹路密结处萌芽
于无人和声的夜晚，凝滞
呼吸

为躲避光明，将卑微的生命
和黑暗，锁进狭缝的
潮湿与阴冷

花丛中隐匿臂膀，节奏的颤摇里
无声等待，瞬间对猎物的
致命一击

姥姥是一个中性的词

在我童年的字典里，姥姥一直
是一个中性的词语
冬日雪停之后，姥姥时常牵着我的手
去后山捡拾柴草
她瘦削的肩膀上扛着沉甸甸的箩筐
就像一位健壮的挑山工

姥姥有一双被那个时代绑缚住的小脚
秋忙时，却像男人一般
步履轻快地奔走于田野垄沟，收割晾晒
辣椒、高粱和玉米

夏季，对付夜晚蠢蠢欲动的野獾和盗瓜贼
她只需要大声地断喝，和一副
高高举起的扁担
仿佛是一位无坚不摧的勇士

那时的我一直以为，姥姥
是一个中性的词语——惯于忍受
贫穷和饥饿，坚韧，且无所畏惧，但对我们这些孩子
又有着无限的关爱

直到一年暑假的傍晚
灯光下，在身旁静静望着我读书的她
忽然在白纸上歪歪扭扭地写了三个字——"王永珍"
我才知道，原来姥姥还有这样一个温柔
可亲的名字

我用惊叹的语气夸赞她写得好
姥姥竟然微笑着低下头
她满脸的皱纹此刻绽开来，恍若一位
害羞的小姑娘

怀沙词

烟云、溪水、九曲桥头
婵娟在月光下
琴吟一支橘的颂歌

春日里结下九畹秋兰
枝叶茂盛时，未等得白芷
花瓣的归来
于枯萎处凋成秋地里的荒芜

前方道路，崎岖漫长
是谁，披着芰荷与芙蓉的衣裳
马蹄飞踏
白水昆仑

风声起处，雷电狰狞
家国破碎，生灵涂炭
一轮夕阳残落滴血的
汨罗江口

浮云流转，污浊终沉为
河底的沙泥

千年过后，石也嶙峋、水也清朗
万里江山依旧！

雨泪的丝线
编成一座五彩虹桥
从湘江直挂
八百里洞庭

云霓之下伫立
又是谁？
衣袂飘飘、峨冠高耸

转身消隐于林水之间
化为一片巍崇
远山的脊梁

寻　觅

我其实一直都在寻找
一位守候在我身后
影子里的人
从我远离故乡的那一刻开始

在滋长枯涩与野火的荒坡前
在涌动着喧嚣和冷漠的暗河里
我总是试图保持微笑，以及一片
叶的色泽

但在一切阳光照不到的地方
我则习惯于
以缄默抗拒北风
以坚硬抵挡泥淖

而那位守候在我身后
影子里的人
只在无声中轻持一份
单薄的祈望，还有一片
黑暗里的虚无

有多少个
月皎风清的夜晚，她轻摇头
望着我沉沉睡去

对展开在灯下的那些
被称为"诗"的文字
她从不阅读，只用手摩挲

在墨迹未干的字痕里
她一定摸索出了生活的粗砺
并为里面偶露出来的
倔强和苍凉
流泪伤心

我爱这黑夜

关掉房间内所有的灯
还要紧闭你的眼睛

让四面潜伏的高墙逼近无限
让我们一起来拥抱这里的黑夜！

空灵的幽暗，曾让我战栗
但今夜我要抛开一切，只为体会
那种窒息的快感

我已经丧失了视觉的本能
只靠着一双耳朵，感知和洞察
游浮于身外的世界

我甚至听到头发和骨头
生长的声音。此时光滑的它们
再不用为阳光的空洞填充一段
支撑肉感的假象

此刻，角落里的紫荆花瓣似乎轻吟了一声
少女的姿容在黑暗中越发丰盈而透明

像是碎石滩上潜流而过的粼粼波纹

如冬的清冽里，我开始搜寻
身体最深处一道久远的疤痕
它一直深埋在我前胸的左半部，拳头大小的位置

那是我的母亲，在赐给我生命的最初时光里
给我留下的永久印迹，到今天也未曾痊愈

此刻的它，再次狂暴地
用红色的浆液，潮水般汹涌着
淹没我的全身

可是我深爱这样的黑夜！
它让我头脑分外地清醒
那清醒让我疼痛
而那疼痛，又使我莫名地骄傲

别用你明亮的眸子刺穿这夜的帘
窥探的繁星也只能愉悦在窗棂之外

让我此刻沉浸于黑暗，并在你
如锦般光滑的肌肤上写下这段古老
而又荒唐的文字

远方的河

我凄惶着于黑暗中醒来
春夜薈暗的天边划过滚滚的惊雷
像是河流的冰封，在这四月天气里
开江崩裂的巨大轰鸣

那时，山坡上的陈年积雪还清脆地没过我脚底的靴毡
父亲收起了过冬用的狗皮棉帽
松枝间四处飘荡斫木屑的干燥气味

山脚下的醋柳和榛子树稍高过我的头顶
那些悠闲垂钓的人们，曾讶异地望着我——
一个寡言，又目光深邃的少年
在河滩边放生一条金色的鲤鱼

已经走得很远了，他还不时地回头张望
那条鲤鱼，此时恰到好处地跃出水面
像是告别、感激，或是要表达一种
回归家园的愉悦

而多年以后，当我背对天空
弯下腰杆，面朝土墙边白发苍苍的双亲

却嗫嚅着趑趄不前……

春雨淅淅沥沥于窗外飘落
此刻，向阳的高坡上
满山的映山红又绽放了吧？
映着我早生的华发，和半生的漂泊

而那条远方的河
依然缓缓地流淌过我的记忆
时而辽阔宁静
时而急转磅礴

它流得泥沙俱下，也流得
痛彻心扉！

一个人的秋意

他在一个人的月光里面
写到对另一个人的相思

在璇星闪熠的纸畔
他独自守望着
春日里的暖——此刻屋外
多年前枯死的木兰花又开了

后来，他写到了秋夜
笔端便带出了些许的秃涩
身体也仿佛一下子
变得老朽不堪

他突兀地站立
胸膛里满满的文字，随着四肢的颤摇纷纷落下
将秋风刺得一片狼藉

琴 音

每当夜深人静时
我常会捧起
屋角的那把六弦琴，轻轻抚摸
它光滑的丝弦

一种古典的音色
瞬间，像月光
弥漫于四周
安静、纯粹，并且悠长

当岁月一天天
于平淡中逝去
它的琴身，已在我的摩挲中慢慢变得
暗红发亮

相信有一天，命运
在漏掉的时光里，终将会把
爱情、亲人，甚至于孤独
从我们的身旁掠走

那时，我僵硬的手指

可能再也无法弹奏出
优美的旋律

可是我更加担心
难以抵挡住，这斑裂的木琴
一击空弦
所发出的巨大悲音

家 园

海水之外，依旧是海水

当闪电刺破乌云，烧灼海面
当我们祖先还拖着
蚱蜢的尾巴……

他们，血肉连着血肉
骨头连着骨头，在土地
裸露的纹理深处
长出一片片茂密的森林

而我们于此刻抵达
春风也吹拂得
恰到好处

当泥土的烟囱高过山岭
当心底的汪洋
收容另一处江河及滩涂
当黑夜的烟火烤炙太阳的古铜……

天空之外，依旧是天空

何处是家园

让我们在未来得以

继续容身？

思想者雕像

思想者，以眉宇间的冷峻
冰锁住一条河流

今夜，远古的森林沉睡迷惘者的黑暗
对岸的雨声，于雾瘴中遥不可闻

孤鹜远去，梭船空荡
无人于无声处
进行一次野渡

而思想者，头戴橄榄桂冠，在一块青铜的映像里
镌刻，存在并已消逝的时光铭文

四壁闪烁，是狮、豹，还是母狼
一双幽绿的眼睛？

"维吉尔……
贝缇丽彩！"

涤罪之炉无处可逃
所谓的容身之地，无非是地狱、天堂在人间

花雨缤纷，天使的羽翼轻轻拂落额头的白皙
思想者便以高扬的姿态唤醒但丁

锃亮的脚趾深踏进岑岩和泥土
思想者的眉间，有不及片刻的云舒霞卷

忘川河饮尽，是谁还在忧心
一双明澈的眼睛被蒙上
俗世里的灰尘

空竹篮

清晨，无人的街角
冷瑟的风中，仰翻一只空空的竹篮

本是江南葱翠的绿，挺拔几簇烟雨亭荫
被一把利剑薄薄削尖，晕色淡染
纤柔的手指，于密密处结成掌纹
在一个二维空间阡陌纵横般展开，然后扭身妖化为羽
娇娆着抱拥一个空体的圆
于是，茁嫩的芽就有了古朴的雅意

街上，终于有了些许嘈杂的声音
可竹篮像一个深不见底的渊，空张着口，却不言语
或者竹篮本就是空洞的。因为空洞，所以深邃
又因为深邃，而有了万千种可能

夏日的炎热刚刚过去，冬季的冰霜偶尔已不在远方浮现
一粒种子，在春天的湿土里呢喃
预言下的秋歌，击节如期而至，打下粒粒红色的果子

空篮子似乎就盛得下一年里的四季
并凝固四季所有的风霜和雨雪

　　可是命运不甘如此。几只茸毛灿黄的幼鸟，蹒跚着奔向堆
砌的果实
　　在一切，包括所有肉体抛为尘沙前
　　竹篮里又会发出嗝嗝啾啾的声音

　　空篮子就像能盛下整个世界
　　于是，本是空荡荡的竹篮，却又装着虚妄的满

　　可空着的，毕竟是空着的
　　就像清晨，无人的街角
　　等待公交的三分钟里，我所撞见的这只仰翻的竹篮

　　汽笛声刚刚响起，我透过摇动的车窗向街角望去
　　那只空着的竹篮，不知何时被一阵风吹散
　　消失得不见踪迹

悲　剧
——艺术是揭示真理的谎言（题记）

其实那一片蓝色
并不代表他自身的忧郁！

亚威农大街南角的画廊
几乎每一个周末
我都会见到一位秃头、突眼的老者

此刻，他正在用一支尖锐的笔
将几位裸身的少女解剖，然后再彼此
做醉心的安放与交谈

总会有一些细碎的脚步声
绕过她们的身体，然后走进拐角处一扇
敞开的门

我常会讶异地转过头去
计算那些影子，如何严丝无缝地扑进黑夜

身后，一片悲剧性的海滩
在雄壮的背景音乐声中，缓缓升起

"啧啧……"，他们咂着嘴
惬心般驱赶着脚底渗透出的凉意

他们的目光低垂，犹疑中将一群
鹭鸟的白光惊走
他们于我的瞳仁里
竟然擦出些许漆黑的光亮……

昏暗的画框内
那位秃头突眼的老人打起了瞌睡
少女，已披上了恶魔的面具

而远处翻滚的
依然是那一片忧郁中的蓝
——是瞳仁里的海，还是被黑夜
风干的盐？

我摊开双臂，与那些影子
分享了这世间最后一道丰盛的饥饿

然后怜悯地望着他们
用沾满沙砾的鞋底
一遍遍踏入那扇锁着的门

转身消逝于暮色中
声迹皆无！

三只乌鸦

昏沉的天幕下
一些白色的石头，整齐堆砌着
以一堵高墙的姿态，挡住
我们的去路

岩石的狭缝还残留昨夜
焚烧的痕迹，像逝者脸上
暴起的青筋，一条条
延展至江河的无限

三只大鸟，立于墙头
黑色的头颅，交错着不动
一直保持某种神秘的静态
宛若三张惊世绝异的面孔

恍然中，凄的林木和惶的蒿草
在无声的心动里
消隐于无形

当活的肉体，在战兢和饥渴中叛离
心底的誓言，我们便与孤独

和鲜血为伴
与森严的壁垒定下盟约

黑夜降临
高墙外回荡几声
金属般的钝音

是三只黑色的大鸟
以带血的坚喙，劈开石块

火星四溅里
一股甘冽的清泉，空荡荡
激流而出

微　笑

相对于安静之外的低眉冥想
和横眉冷战
我更喜欢那些脸上自然
泛起的微笑

仿佛那一瞬，尘世间的花儿
在月光中全部绽放
蝴蝶于一片新叶下扑棱棱展翅
几只天鹅，将优雅的舞步
留印进夕阳暖暖的湖畔

此刻，岁月刻在肌肤上的痕迹
于黑色的眸中淡去
我们会短暂地忘记，不远处的
饥馑困苦，借发展之手散播的尘霾、疫疠
以及被文明代言的战火和杀戮

让我们尝试，每天
以一种微笑的心情面对
周遭的一切——
树林、蚂蚁、亲人、相识，以及

不相识的路人，也包括曾经
伤害过我们的人

伤痕也许已经结痂，或许
还在体内隐隐作痛
但它们，终会和我们的肉体一道
被更广阔的天空、大地，和枯荣
悠远的岁月，收纳平复

所以，让我们微笑着
宽恕他们
并将幽怨、愤懑，乃至仇恨
永远地遗落于
背后的风中

安大略湖畔

崎岖的小径，用一转身，就消失在面前的泥滩中
前路，似乎已到尽头

此时此地，视线却变得开阔
远处，是一潭望不到边际的湖水，和一片闪着鳞光的云天

香椿、冬青、夏枯草，还有那些被你随心命名的低矮植物
几只灰溜溜的野鸭在其间忙碌着觅食

而我们，像是恪守着某种行走与聆听的默契，小心翼翼
偶尔有片刻的停留
但对路边的旁枝生动，假装着漠不关心

两只白色的天鹅警觉地望着我们
——两位神情萧瑟的入侵者
他们，比我想像得更加优雅，也更加高大和凶狠

不记得多少次，我们迷途于这个久未开发的荒芜之地

"当你站在人生的高处，会望见对岸的城市和尖塔"

此刻，当我漫步于秋末的雨后

寂静旷渺的安大略湖畔，灰鸭和天鹅已不见踪迹

只有那些低矮的木丛和野灌，还无声地匍匐在蜿蜒的曲
径旁

仿佛依旧等待你的命名

糖

我迷恋
那种香艳与热辣的感觉

为了调制
生活的饴浆，我曾挖空了一根
甜蔗的心思，并掀翻几箱蜂巢的五边
与六角形

我收集冬季清冽的严霜，和春日里
沾有芬芳的蜜
要用童年的橘子味汽水和小豆冰棍，以及红高粱般
低垂的落日

我要以先锋的霹雳舞步
和喇叭裤筒，向青春期的贫血与齐整队列
加上些无色、无臭的氧化剂
然后用半辈子燃烧，再用半辈子冷却

当焖炖的糖稀和焦灼的炉灶
在岁月深处变得昏暗而稠实
我们会用一整个夜晚完成拥抱

啜饮、吞咽，乃至咀嚼

今日，我们似乎告别了玉米面饼子和大碴子
稀饭的粗粝
而现代化的奶油冰激凌与精致巧克力
已无声中蛀蚀了我的牙齿

并使我染上了
糖尿病的苍白和虚胖，让我在刚刚爬上
四十岁的高坡，就无可救药地开始了
生活的气喘

溪流赋

有一种声音，溅入
幽峭的山谷
似峰岚的湿气，于四面荒芜外
扑面而至

以某种
渊刻的凉意，划过坚冰的最深处
沉为心底
难禁的波澜

是光影吗？
是刺痛吗？
是欢笑吗？
是毁灭吗？

在碎石滩前割破
胸膛肌肤，漫过
高原和峡谷

不理桃花与春风，任它们
一路下坠、一路东行……

让我们蜿蜒流淌于

季节无声处

在天际，汇成无边的

江河和湖海

画　皮

书斋外，夜半
风轻林静。谁家姝丽
正于月下梳妆

她先轻施粉黛，隐饰
芙蓉翠色

二画柳叶入眉，掩住
狐精媚眼

再点檀唇小口，遮藏
孱孱利齿

妆毕。她掷落彩笔，将妍皮轻抖
披于身上

"王郎，快放下拂尘……
不恋才貌、富贵，奴家只要你
一颗真心！"

翡　翠

她头顶的月光
亮起的那一刻，四周围似乎
一下子全黑了

一些繁嚣的声音
仿佛从千年以外悠悠传来
这女娲的咒诀，使得天空的空与漏
凸显着透明

此刻，她在碧绿波影中延展的腰身分外地软
外面的羽幔厚韧如铁，可内心却是空的

林间有花香与凤鸣
岚雾中飘荡着一丝淡淡的甜

这一瞬，她光滑如玉的裸体，让你无法直视
这一世，你一生的泥潭，注定要困囚于水滴和眼泪

小心翼翼地将她
托在掌中——一片冰凉，依旧是顽石
但四下里的寂静惹人生疑

呼吸蜕为亵渎，一颗玻璃心

身子还未及跌倒

却已然破碎一地，溅起冷月满江

生于布拉格

"1931 年 5 月 16 日，生于布拉格"
这是我掌中卡片上的
第一段描述

此刻，阳光西斜
我靠近桌旁，轻轻抚摸
深褐色手提箱
冰凉的把手，用低垂的想像
将纸卡的空白处填满

在母亲烤制的面包香气里
那位皮箱的犹太小主人
这个时候，一定披散着金色的卷发
将货架摆放整齐
然后盼望着周日，与哥哥手牵手
到后山去滑雪

可是我不敢想像
在接下来的三年多时光里，她稚嫩的内心
是怀着怎样的恐惧与疑惑，面对
特雷津的严冬……

白色纸卡上，最后的文字依然
触目惊心：

1944 年 10 月 23 日

奥斯威辛

　　注：卡片外的故事（关于手提箱的小女主人——哈娜·布
兰迪，Hana Brady）

　　哈娜 1931 年 5 月 16 日生于捷克斯洛伐克的布拉格。
1941 年，哈娜的父母被德国纳粹秘密警察逮捕。1942 年，
哈娜和哥哥乔治被关进捷克特雷津集中营。1944 年 10 月
23 日，哈娜被转至波兰奥斯威辛集中营，几小时后于毒气
室中被杀害。1999 年冬，日本的石岗史子女士参观奥斯威
辛博物馆。第二年，她收到了哈娜的遗物——一只深褐色小
手提箱，并费尽周折找到了哈娜幸存的哥哥乔治。2002 年，美
国作家凯伦·莱温（Karen Levine）创作出版了《哈娜的皮箱》
一书，使得哈娜的悲剧故事广为人知。

一棵树

这个城市的冬天，需要以众多事物
拥挤着相互取暖
比如那些参差不齐的楼房和窗户
比如那些恣意吆喝的贩卖及咒骂，还有滞涩中的
人潮与车流……

每次路过小区的门口，我总会望见那棵树
干燥地伫立于一些车辆
横七竖八的包围之中
它弯曲的姿态，以及风中斑驳的枝叶
像是一位愤世的老者
低声嘟囔着许多言语，但无人倾听

这个城市的崛起和快感
似乎只靠水泥杆和铁丝网
支撑和维系。而那棵树，作为某种异类
放肆地流露出敌意，甚至潜在的威胁

这日黄昏时候，我又忽然望见了那棵树
它凌乱的枝条和叶子
不知何时已被人齐整地割去

夕光中，它恍若一位
被扒光衣服的女子，羞惭又慌乱地缩紧自己的身子
又像是一个受了委屈的孩子
孤单地立在墙边，于无声中
流泪和啜泣

偶　遇

下午两点钟，她准时从舞蹈室走出

他也如往常一样，踱向
二楼的书画间

长长螺旋形的楼梯，此刻
安静中回响几处
迟疑，又略显局促的脚步声……

擦肩而过的瞬间
他们彼此微笑，并轻点了一下头

仿若街头上一对儿陌生人
一生中一次
偶然的相遇

钉　子

当日落
最后一抹霞光
淡出了地平线，世界仿佛忽然
变得空无一物

在锤击的裂度里，他开始褪去身上
一层层
黑夜的锈痕——那些见证过炫丽生命
与腐朽的躯壳

"在坚硬的现实面前
你和我都不得不
弯下腰来"

以钻心的刺痛
在生活粗糙的纹路里
激起一小撮
死水的波澜

看夕阳

她约我一起
去看夕阳，我说到此刻
天上有云

其实看日落，就是要看天边
堆积的云朵
我喜欢看金色的光线
如何一点点透过层层乌云

那些飘动、虚幻中的万物
随思绪在风里
瞬息间变幻无常

你可以坐望天上
游荡的火苗，烧尽半边天色
却不用担心灼伤
你的眼睛

咀　嚼

世界仿佛只容得下一个
小小的街角

在这个阳光明媚的正午
拥挤的外卖店门口，我又看见了那两位
白发苍苍的老人

此刻，他们面对面坐在一张
临窗的桌子旁，分享着一份一个人的
特价午餐

他在漠然和反复中，夹吃着面前的菜蔬
她则端着桌上唯一的那碗米饭，机械般地
咬食和吞咽

白色的瓷盘和瓷碗，在玻璃的反光中闪闪发亮
皱纹深处的眼神，倒显得格外单纯而又满足

或许，时光与衰老
让他们忘记了彼此的存在

在岁月的咀嚼声里，他们早已为对方尝尽

生活中一切的

苦辣和酸甜

不惑之年

想起这些年
不知觉间已走遍了大江南北，和大洋两岸
望尽了多少都市的繁华，和偏远小镇的
落寞与荒凉

元首名流如何，流氓乞丐又怎样？
童年的理想和志向，久已被淡忘
事业在别人眼里，似乎也有小成
但说到底，只是一份生计，糊口而已
书是读了无数，尽管大多都不甚了了

这些年，神佛依然不亲，但舅舅
已然不在。爱情
依然猝不及防，但最终遥不可及
最近发现，连顶发也日渐稀少
只有胡须见长。偶尔还写几句歪诗
勉强照得见活着的自己

不惑之年
一些事知可为，而不为了
一些事知不可，却还在勉力为之

心和眼，更是常常被蒙昧住几味
"皮厚、性苦、微寒、质坚硬……"

只是偶尔，看到路边草丛间
蹒跚学步的雏雁和幼鹿
听见老母亲，于电话那端的一声咳音

这些细小的东西
却能扎我一下，让我心痛
并且莫名地
热泪盈眶

鸢尾花下

那些在高处
闪烁着的蓝，未必是被黑夜
遗失的星斗

它或许是海，在黄昏时候
将一颗心煮沸，隔夜，也依然未凉
是童年打破的小小灯盏，尖利、华美而忧伤
是远航的水手，在日暮下吹响的一声轻哨
和湿热的云霓捂住的
一丝心跳

那些在背后
燃烧的，也未必是旭日，与它
骄横的火焰

它是野菊丛下
轻掩的思念，于春风里等待
蜂和蝶的传情
是巉岩深处不眠的火山，在千万层地底
压抑着喘息、翻腾
是生命燃尽后无色、无声的灰烬

在风中散尽人间
最后的残余

月亮此刻，依然
悬于高处
半边幽蓝，半边血红

而那株
楚楚可怜的花儿，依然在风里挣扎
一样是憔悴的冷
和孤独
绝望的白！

疼痛的记忆

——华盛顿地区纪念抗日战争暨第二次
世界大战胜利七十周年音乐会有感

乌云密布的天空
露出
些许光亮

刺刀划过的土地上
总会有
惊雷的轰响

今夜
我们不以雨水
来洗濯疤痕，或者以闪电唤醒
记忆里的疼痛

我们只用琴音
用胸膛内翻腾的海水和火焰
歌唱家园，和每一个宁静的
黄昏与黎明

尽管风中

典雅的琴卷上，还悬挂着一只
布满弹孔，滴着
鲜血的钢盔

乌 鸦

冬日，大地沦于昏暗之前，我时常会见到
一些黑色的大鸟
在坡前的林木间聚集

不衔枝筑巢。雪后
它们蓬乱、漆黑的存在
在光秃秃的枝丫上显得格外地突兀

我偶尔会担心，它们沙哑的嘶鸣
是否隐含着某种对生活
悲观的暗示，或者预言

但夜晚，终归是一天天在平淡中逝去
黎明前，它们就都全部神秘地飞走

在夏季，一个炎嚣的雨末
我又莫名地回想起它们腾空的一瞬——

那一刻，空旷、巨大的天空纸板
涂满了黑色的休止符

乌鸦撕心裂肺的尖叫

让世界所有的声音，刹那间

安静下来

交　谈

我们坐在炉边轻声地交谈
用文火，烹煮一个黄昏
漫天的茶色

眼神间磕碰出的言语
无声中落地，偶尔
有微微的叹息声，于你我未觉察前
已随着月色缓缓趋冷

最后，你说到了
心中的神，他的万能和你的畏惧
一只羔羊的迷途。天国、地狱、复活
还有永生

我则谈论起土地的荒蛮，鸦片和衰老
肉体的结合与进化，火刑
及物体的腐烂——猛烈化学反应后
一片残留的污痕

几片碧绿的云峰，漂浮于琥珀样
透明的杯子中。轻柔的摆动间，急速流转为

深不可测的漩涡——两个完美、自洽的曲线

我起身告辞时
外面的夜色已经深了
门厅斜漏出的光线，将你的身影
拉伸得模糊，而又刺眼

你挥挥手臂，仿若在淋洒一些光焰
照亮我背后的黑夜——一段
无可预知的遭途

此刻，拥挤的街巷依然昏暗
翻滚着的乌云之上，是浩渺的天空
以及比天空
更加辽远的一大片未知

挑担人

黄昏时候
我又望见了那位挑担的老人
蓝色的粗布衣褂，和一条
两头削尖的竹木扁担

黑红的面庞，在薄薄的雾气中闪闪发亮
低垂着头，他神情木然地挪移着脚步
似乎在一寸寸丈量古镇
坑洼不平的石板路

我其实从未看清
他箩筐里盛载了些什么
红的是辣椒，黄的是玉米，白的是盐巴？
或许，还浸有农家
四季的劳苦及风霜……

在这样的傍晚，这样
爬满青苔的石板路上
一位挑担的老者，就这样无声地走进
古老小镇的岁月低处
简单、疲惫，而又满足

夕阳，将老街黑森森的屋瓦
镀上一层金边
山后远远地升起了一缕炊烟
他的脚步忽然轻快了许多
仿佛此刻，他正行走于一条
洒满阳光的宽广大路上

牵

我要牵挽这漫天的流云

让火红的落日，烧灼半边的戈壁和荒野

留下的另半边，足够我们纵马驰骋

埋葬殒星的河滩上

我要种下苦蒿、白藜和冰草

然后以雪狼的嚎叫，唤出草原粼粼的月色

远处的经幡，于北风中飘舞

低垂的琴音，驱驰着沙丘和云团

缓缓地随羊群滚动

而春风，会在不经意间吹开那些金黄色的花朵

——她们总是以最惊炫的方式，色彩艳丽地

闯入我们的视野

在静静的湖畔，我停下马来

用青稞酒般甘冽的湖水洗涤内心的浮尘

世界此刻，风一样安静

我也如一只鸬鹚，弯垂下身体……

我想我会，用余下的生命在此等待
等待衰老和枯萎，等待
你用湖水般清澈的眼神，轻轻牵住
我随风游荡的丝缰

我为什么喜欢写那些鸟儿

我的文字里，常会出现一些鸟儿
偶尔在湖畔休憩——它们有着某种
出世的惬意和圆满
或者腾空跃起，以倔强的姿态展露
原始野性，冷峻又决绝

黎明时分，它们呼唤我醒来
在夜晚又嘈杂地进入我的梦境

可是，有时候我根本看不见它们
也不知道它们藏身于何处
比如夏日午后，一望无际的玉米地……
有时甚至连玉米也没有，我的眼中其实
空无一物

但我的诗作中，还会时常出现
那些鸟儿。它们忧郁的眼神，以及
扇动翅膀的样子，如同身后河滩
与山岭一般坚硬和真实
归于我文字背景中苍凉的那一部分
带着本能的灵性和呼吸

我不确定那些鸟儿是从何处飞来

是俗世中泯灭的幻想，于心底生出翅膀

还是被禁锢的魂灵，挣破

血肉的枷锁

就这样悄然出现，轻盈地停留于

我笔尖之上

称

福、禄、寿

南斗星君

北斗七星

乡村的夜晚宁静安详

秤杆上的星花

在油灯下面反着金光

核桃、榛子、野苋菜，还有山蘑菇……

明天又是镇里的集市

这个时候

外婆一定会拿出一杆精致的木秤，反复擦拭

等到第二天，舅舅会一遍遍地将它托起

满含笑容地喊着："您看，秤高高的……"

屋檐下的窗纸刚刚

漏出一丝光亮

睡梦中，外婆柔声的叮嘱

还在我的耳畔萦绕

"一杆秤，称的不仅仅是斤两

称的还有

一个人的良心！"

风吹故乡

说到故乡，总会想起一些
多风、又多情的名词——
大青山、安邦河、榛子树、葱郁巍峨的东岭

你看，宽广无垠的风里，红色的杜鹃花
已经凋谢，被埋进冬日茫茫的雪原

风，不应在无意中带走
属于故乡的一切——那些微小，并且忧伤的事物
比如屋顶上的茅草
比如黄昏里若隐若现的炊烟

在风里，爷爷烟斗中的火苗忽明忽暗
他污黑的面孔，以及身后堆积的煤山，正被一条条弯曲的
脊背
缓缓驮远
只剩下坍塌的坑道、几截朽木和岭间垒起的
一座新坟

而那些奔跑着的少年，如同一些干燥的草籽
他们曾狂野和坚韧地生长在故乡的田野里

最终，在枯涩的枝条下面困顿
然后于一阵风过后，四散奔逃

今夜，我站在大洋的另一端
遥望故乡的山河
我的身体，仿佛还残留着故乡
泥土与河流的味道

故乡的风，此刻变得渺茫而轻柔，已吹不起
一粒尘土
却在突然间，迷住我的眼睛
让我止不住热泪盈眶

养蜂人

夏蝉烈日下的鼓噪依然未歇
四外飘荡着细藤
擦击边鼓的窣窣碎响

夕阳没入山林
他解开衣扣，摩挲着
开始搜刮体内沉析出的盐——
那些曾幽浮于四方的蜜
那根有毒、且挂满尖钩的刺

星子闪烁不定，此时正以河水样的清亮
缓流过他的头顶
风中飘过一些蜡封住的甜蜜
与忧伤往事

或许，过不了多少时日
当野菊花丛，如火般在秋焰里跃动
他会再次背负起板箱内
狼藉的杯盘以及家园

如同一只蜂蝶，在月光下

挣扎着展开透明、单薄的双翼
一片嗡鸣声里，找寻世间又一轮
瓣落如雨的花期

突　变

我刻意追求某种
突然的变幻
就像飓风，在永恒的流水间颠覆
一艘安泊的蓬船

我要买通一个人的先知密码
然后随心所欲地操纵、篡改
那些个体的命运，包括衰老和疾病

我曾独自忍受
遥远星际里的孤独。在晨光与月晕初生之时
在天底散尽太阳的热度
然后抓牢黑夜下面
疾驰而逝的闪电

在拥挤的汪洋中，我一直保持着
吞噬与拥抱的姿态
尽管一些有毒物质，常使我
心跳失速、运转失灵

我顽固地妄想着周遭和自身

无休止的变幻，无奈前路
风向难测、万水千山阻隔……

多年以后，有人刨开
河流和陆地五彩的肌肤
他们发现了我肢体里
一些裸露的残余

此刻的我，看起来像是某种蓝藻、蕨类
或是一条鱼，被岁月
永远地凝刻于石纹深处

只是偶尔，还会突然翻动那双
白色凸起的眼球
吓你一跳

写　字

我在异国坚硬的柏油路上写字
此刻的我，不需用削平舌尖来模仿窗外
呱噪的鸟语

我用手指，用半截木枝，写那些方块状的文字
然后用母亲的体温，和呼吸韵律
将它们串联在一起

我写字
然而，更确切地说，我是在用笔来作画
你瞧！我刚刚在大地上画出了森林、江河和日月
就有日月照耀在我的头顶
还有江水，从我的身旁缓流而过

我画白水边的仓颉，和他脚底下的鸟兽鱼虫
在他身后忙碌的，是我的祖先及族人——
皮肤黝黄，生来就带有泥土和河流的味道

我用笔记录他们的历史
空气中就有了火镰和犁铧的气息
我写到了祖国，还有家园

她依然是如此辽阔和深沉

最后，我想在其间画上
小小的自己
但无论如何挣扎着涂抹，那里依然只有
雄壮的山河、奔腾不息的
流水，以及眼泪

野 兽

午夜
我茫然游走于
都市的边缘

身旁，黑暗的灌木丛
窥闪着许多幽蓝色的瞳孔
恍若秋夜
荒郊外燃烧的鬼火

日出前，他们绝望
低沉的嗥叫，被隐匿的云层压得更低了
仿佛害怕惊醒
不远处，水泥堆筑的丛林里的
那些异类

它们醒来时
在阳光底下，混杂着机器开动
发出的
巨大轰响

假如没有风

假如没有风，天上
就不会有流动着的云
也不会有秋叶萧瑟的纷飞

没有风，就没有春日
飞扬的柳絮，没有远处波涛中
翻卷的惊骇，和白色桅杆牵系的
颠沛和流离
没有冬霜、雨雪，在黑夜
冰冻那些不安的灵魂

而没有风，也没有暮霞和朝露
没有夏日池塘中，荷叶的摆摇
及水鸭脚掌拨动的
橘色冷暖，更没有谁
在温柔的月光下面，为花儿们偷偷传递
她们羞涩的爱情

没有风，世间
该会是如何空旷、辽阔、有序……
死寂！

假如没有风，也不会

在这样一个黎明

一只鸟儿，扑棱棱飞过我的窗口

让我在困弊的生活里，朝着日出的方向重新

又高昂起额头

春天的马蹄声

黑夜和北风，已成为他身体
不可或缺的养分

瞳孔——暗物质的种子
攀爬的藤萝下面，竖起的
毛鬃激昂

此刻，一位孤独者
正将远处微弱的烛火，想像为故乡里
温柔可亲的爱人，而他
是被一洼幽怨池水
轻轻挽住的一匹马
瘦骨嶙峋，前程
遥不可及，用一生的忙碌奔向身后的空

蹄印，比屋檐下刚刚露芽的青草浅
奔跑的声音，比山林间低哑的溪水轻

窗格外，雨滴正缜密地敲打一场
湿冷的心事
远处隐隐的春雷在乌云之上

疾驰而逝……

春风，将他驱赶
催逼他老去，直到他年少的发丝
一夜
斑驳如霜雪

根　雕

枯糜剥剔后的筋骨

圆满如落日

前生的桃花，萍浮今世之水

借淤泥之暗黑

根牙盘错的瘿疠，以雷劈和燃焚救赎

自身性命

畸变的形体展示青铜的拙意

这古老阴沉的根木

死亡者的披露触目惊心

或有瞬间的柔展随风而动

无语与花别——一种

自内而外的解脱，或偈语

光还返于影

神佛须发嬗变为幽淡的山水

春风十里，不留痕迹

只有貔貅蛰伏于危岭，以独角向天
似生活的斧凿
坚硬，且无比决绝

最后一片叶子

落日与火焰……

这样的季节，连腐烂和焚烧都成为
靡劳筋骨之外
被收割的一种

黄昏时候，我望见山岗上的一棵树
以及它枝条上面
火苗般蹿升的红叶

作为傍晚，以及深秋的悬想
它们在风中发出寒蝉般的窸窣和哀鸣
对这些被春风豢养，又抛弃的孩子
我无法从它们斑裂的叶身中看到一棵栎树
曾经的死亡与欢乐，并感受
旧时的别情与孤独

清晨，窗外飘着入冬来的第一场雪
那棵树依然伫立于旷野中
它枝头残存的叶子
作为初冬最鲜活的意象

已然熄灭，成为我昨夜记忆里
温存的余香

皑皑白雪中的万物
简约而开阔
光秃秃的枝条
将天空的云层压得更低了
没有风，枝头上那最后一片叶子
此时，悬停于高处
恍若天地间存在的
唯一生灵

匿 名

我是夕阳下山后夜幕
裁剪出的阴影
是飞鸟消逝，残落的一支
羽翅滑音

我是清晨，玉米苞芽上
浅甜的汁液
是灰烬耽涵于火，于风中
延展开的舞姿

我是世间一切固体物质
在虚渺时空
遥远的对应物
是书籍扉页上的点点墨痕

独立于阳光下
天地间，渺小而坚硬
不留下任何
名姓与声响

天涯月色

很多年以来，他一直游走于众多
事物的边沿——

那些黎明河滩上，闪着磷光的石块
那些粗糙尖锐的鸟喙
那些蛰伏于湖水中的
叶片和刀锋……

在一片蓝天的边缘，他堆叠朵朵
白色的云，它们浸满昨日的
烟尘和雨水

夕阳西下，世界狭仄
压低了远处的昏鸦及老树
深陷异乡和秋思——他不是天涯
唯一的断肠人

此时此地，他踱出屋外
窗前和庭院里的灯光
忽然熄灭
夜空却越发明亮

月色，依然似故乡一盏
微弱的烛火，在风中
摇摆不熄，却足够照亮异乡的黑暗
和他脚下的一小段路途

祈　福

天上没有云，也望不见太阳。

往日宁静的小山村，忽然变得人头攒动，大车小车拥堵着，仿佛市区上班的早高峰。车里面坐着的，是些衣冠楚楚的男人，以及同样多素雅、俏丽的女人。不一会儿，山坡上耸立的石碑旁，堆起了许多黄色的野菊花、白色的牛羊车马，以及金灿灿的亭台楼阁。

此时，牛羊车马都不作声。那些楚楚的男人与俏丽的女人也不作声。他们点燃纸张和香烛，鞠躬，然后再鞠躬，面带悲伤，或者干脆跪于地上。

未到正午，山下的小酒馆也忽然热闹起来。三杯酒下肚，那些相识与不相识的人们，脸色都变红润。男人们开始议论钓鱼岛争端、股市，然后比较和计算阴阳两界的地价。女人们则在低声探讨，谁又再婚了、整容瘦身，以及儿女课后补习的费用……

天上没有云，可还是望不见太阳。

此刻，小山坡上的香气还未散尽，小酒馆里的香气已开始四处弥漫。香喷喷的,还有那些面红耳赤的男人和女人们。他们在山上祭奠的,是前世的故友亲人;口中烦扰的,是当下的生计艰难;而心中祈盼的,却是明日锦绣、光华的前程!

听　雪

听雪
我以扩张的耳轮盛接
这天空的滴水——一场春日
未期的心思，和着昨夜
犹疑之冷

茅草屋檐下
女萝低垂、枝叶扶疏，微风轻拨
竹林的丝弦。低沉的琴音深处，我与落日
相视无语，直到黑鸦和野鹳
趴满枝头

这样的时节，总会有云岚和雾瘴
幽浮于山野
而我于摇曳不明的烛火前等待
风雪的歇停
远处的山势，巍峨跌宕
依稀回响大河的奔流

雪中的万物，无奈而萧寥
披蓑衣的渔翁，立于滩头

独钓寒江。而我不是子期，不恋这一地的
银光和雪白

几上的熏炉内，香烟袅袅
早已浸遍半世的颓唐，和风花雪月
而冬夜依然萧瑟无眠

我随手摘下几枚
林间的野果，用它们慢煮半樽冷酒
于寂寞无声处，听四下里
轻靡，或是
急落的雪声

赞美，还是诅咒

精心描画的细眉
修长如弯月
典雅的罩纱遮住了她白皙的脖项
与半边脸庞
裸露出的另半边，是如此的美丽和端庄

此刻，望着相片中那张纯真
微笑着的脸
我不知道是应该赞美，还是诅咒

"你无须理性，只需相信！"

在这个大不同的世界里，或许没有谁
是真正无辜的，包括我们自身
包括大街上，所有哭泣着奔走的人们……

是天使，还是魔鬼？
我是应该赞美，还是诅咒？

对这位虔诚的信仰者

她的无所畏惧
对这样一个曾经青春、鲜活
但已被炸掉背心撕碎的肉体

呼　吸

或许总有
微末的事物，于你我未感知前
已悄然抵达

就像这酒红色的落日
轻轻揭起今夜无名的暮色

几只黑色的蚂蚁
忙碌中，往来搬运着沙土

林间繁密的枝叶
于月影均匀的呼吸声中舒展开身姿……

此刻，一些枯燥的词句
依然拙笨地
摩擦着我们的肺叶，以及喉咙

而白桦林
用四面的黑暗包围了我们

他们的千万双眼睛，又于一瞬间

突然

全部睁开

褶　皱

——让我们将世界叠放于眼中

你看那天边，红色的落日
黑魆魆的山岭……
半边，飞腾着霞雾
半边，海水堆积冰霰

陡峭的山脊突兀
悠长的溪河，见证大地的
呓挣与梦魇

一行黑色的鸟儿，消逝于天际
此刻，它们已被折入遥远的地平线
而那些不安的尖叫声，依然
留存于空中

凄雨过后，担山的老人
颤抖得像一片斑驳的叶子
夕光中慢慢弯折下腰身

他的眼神，如山脚下的湖水
浑浊、宁静，困顿中已激不起
一丝波澜

窗边的女孩

蓝色的海水低于肉体的裙摆，低于一片
超现实主义之帘
少女的仪容屏隐于玻璃的反面——加泰隆尼亚纤柔的
海岸线、裸露的岩石与丰腴的橄榄林

此刻，世界和时间的声响在金属的边框内融化
在一个人的梦境
在卡德隆兹房子内部
他追随灵感的缪斯，四处游荡
乌黑的烟斗弯垂为他翘起的须发

如果现实中有一万种
让你愤怒的理由
但和解只需要一只手，和一小捧灰烬

明晨，他将把昨夜的晚餐还给谷粟和田野
把头颅和精血还给父亲
把所有画作还给布匹、颜料以及粉末

女孩立在窗前，看窗外的风景
我们透过金属的边框，看加泰隆尼亚蓝色的海水

理想哥哥的复制品

不在身后

画中的安娜婷婷玉立

寂　静

炭墨的余温深刻进
木质的纹理
她在黎明晨光中摊开的手臂
苍白而枯槁

室内灯光暗淡，墙上的挂钟
依然在机械般摆动
蓬乱的发丝，在灰色的空气中
结为一道难解的符咒
而身旁的玻璃窗，却将背景的烦嚣
反映至了别处

墙外，一条枯藤的新丝轻轻
敲打着门环。保健护士
明日或许才来
因而这里寂静，此刻
无人应声

我很想在灯光下坐下来

我很想在灯光下坐下来
在我蹒跚着，走近你的一刻

看你细细的眉尖，在跳跃的灯花旁
微微舒展
看白色的丝帕，在纤柔的手指间
密密编织莲的伤心

我想在灯光下坐下来
让我发梢上的雨点反映晶莹的光亮
空空的行囊，此时仿佛已装满
丰收的果实

我要和你讲一讲，路过的城市和乡村
遇见过的许多人，他们各自的欢喜与冷漠
那些蹚过的河流
石头锋利、溪水寒冷
它们相互碰撞时，发出巨大的吼声

我也会讲到丛林里，一位少年的迷途
我感觉到你眸中竭力掩饰的慌张

最后，我要告诉你他平安归来
就像童话故事里，一个如此
欢乐的结局

我很想在灯光下坐下来
仿佛这样，我的眼中就只有
你、光明与火
仿佛这样，就可以将自己沧桑的背影
永远隐藏进黑暗

荒　城

孔雀河流到此处，空留一个
比羽毛更空的名字
浩瀚的湖水，已干涸为一片广袤的盐池

那些高耸的土堆，人说曾是
古代的驿站和烽燧
黄沙蔽日！这一片死亡之海
埋葬了多少织锦木简
如今，只有门柱上残留的点点朱漆，还在模糊中讲述
当年的繁华旧事

远处的高丘上，静静耸立着一株株枯木
那是被沙石埋葬的一场场日落
以及岁月芳华。虚渺的魂灵，已随胡麻细枝
攀升至了别处

烟云、雨水、流沙
多像是一座城池，或是一个人的命运
不牢根基，在季节的风里迁徙无定，最终奔向
衰亡和枯竭。只有胡杨不死
不枯、不朽，亦不重生

今夜，夕阳如血、夜色浩荡
芦苇和红柳重新萌发
仔细聆听，你会听见风里一阵阵
清脆的铃音，仿佛一支西域商队，满载闪亮的丝绸和珠宝
缓缓消逝于天际

当年的牧羊姑娘，是否依然
披着弯曲的秀发
立于青草葳蕤的山岗
迷人的眼神，涌动着无边的湖水

千年以后，是谁
深陷于此刻，一片
淡蓝色的月光和忧郁？

乐高玩具屋

熙攘喧闹的商业中心，侧楼
偏僻的一角，有一间小小的乐高玩具屋
高楼大理石平面的反光，折射不入
玻璃窗内的安静

几个孩子，坐在散乱堆放的乐高方块旁
正神情专注地摆弄着各自手中的世界

他们有的在搭建童话里的花园城堡
然后将王子和公主，困囚于无止的欢乐之中

有的，故作玄虚地构建某种
神秘、离奇的景象，然后将几片败叶
夹于其间

有的，则拼装起机枪和大炮，然后在梦呓般的愤怒中
向自己，乃至全世界开火……

他们痴迷于每一个新奇的式样
与精致架构，虽然不时也有人偷偷进行着
相互的攀比和模仿

"我们可以随性地拆解和拼接生活中的烦琐细节
但你无法从模块化的场景及硬度中，挤压出任何
哲思与深意！"

高楼阳光下的土地，此刻越发干裂与黯淡
路旁倦怠的拾荒者，低头打起了瞌睡

不远处，熙攘喧闹的商业中心
人们依然行色匆匆。他们和身后玻璃墙内的世界
无法感知，最终彼此
视而不见

刻　度

他的一生，是以一声清脆的哭啼开始的
随后，是一系列的运算和称量，包括体温
手掌、脚趾的数目、呼吸的频率，以及身体的重量与高
度……

他需要以表盘上的刻度
规划和标识生活中的每一个细节
比如，他用日月在头顶天空上的轮转周期来定义
一年里的四季、白天与黑夜

他似乎总是被许多人包围着，尽管大多数并不相识
他时常测量脚下所走过的路途。开始时，他用皮尺，然后
用车辆
或者飞机上的里程计

他呼吸和心跳的刻度，在不同的场景记录中随风向变换
不停
他用树木里的年轮，以及岁月在脸上的刻痕
来标记年龄的增长，或者记录生命里某些特别的日子

他曾忍受过饥饿，但现在更多时

则是堆积着皮下脂肪，和身外许多相干

或不相干的事物，例如某些头衔、名字的识别度

一些金属的纯度，以及克数、银行存单

或是房产证上的一些数字

很显然，他随身携带的刻度仪里

一些参数在不断增加，而另一些

则于缓慢中不断地流逝

像骨骼里钙的成分，和血液中红血球的数目

最后，一些穿长褂的人走进来

他们忙乱而娴熟地摸寻他的血压与脉搏

然后在一张空白纸上写下一个名字

某年某月某日某时——那是他人生的最后一刻

当一块白布，庄重而又有些滑稽地盖过他的身体

伴随他一生的所有刻度和符号，在此刻

就都全部归零

我迷恋的一种黑

我曾迷恋的那种黑，深沉过
身前的夜色。独处异乡的人，是一片残云
在风里，与摇摆的老槐树较劲
干瘪得挤不出一滴水来

而我记忆中的黑色，只是些乌漆漆的石块
它们埋在坑道的最深处
一镐子刨下去，溅起的竟是
前世的情种，和今世之火

披着月光的人，身体就变通透
成为一口越描越黑的井间
最温情
最柔暖的部分

那些被我迷恋的黑，在矿灯底下
比钻石明亮
比蓝色的火苗粗砺，却更加
生动和炽热

窗外无休止的风声，轰然塌陷

扬起的烟尘
我知道此刻，故乡的煤渣燃尽了自身
光秃的矸子山也已长出凛凛的草来

可是那深埋于地底的黑真硬啊
无须刨出它们，我可以清晰地望见
乌金般的光泽
这么些年，依然是我内心最闪亮
最温暖的东西

北　岸

马蹄河，比他记忆中的
更加辽阔和舒缓，尽管河水一样的
清澈透明
北岸，是葱茏翠碧的羊鼻子山

红松、白桦、黄菠萝……
河滩边圆圆的鹅卵石
或许还记得
当年一群青涩少年，他们飘扬的红领巾
破旧的蓝布衣褂，和风中无忌的厮闹与欢笑

那个季节，蒿草和野橘凌乱而放肆地
延展过他们的腰膝
其间不时惊窜出山狍和野兔
夕阳西下，一些沉甸甸的竹篮会从林木间鱼贯着跃出
野菇、榛子，还有薇菜，混杂着稚气的
汗水和尘土……

他面前整齐光洁的石子路
如今一直延伸进了林荫深处
林丛间偶尔显露出几处飞翘的屋檐

黄昏的钟磬声悠扬
古老的信仰，在一片新绿及红瓦间复活

他于升起的雾蒙中转过身去
恍若一位少年
从河的北岸，重新蹒跚着走出

岁月，还不及苍老
他满含落寞与倔强，此刻疲惫
但两手空空

阅　读

与生俱来，阅读是我追随
半生的光影——
你看，雪中那个瘦小、倔强的孩子
多像是纸片上一行模糊不清的文字

不记得多少次，我攀爬山岭和岩脊
用双眸，一遍遍地观读大地的古老雄心
我曾如风般穿行于林丛、旷野
用指尖轻触，刻于莎草和羊皮上的潦草记痕

在拙朴的兽骨旁，我感悟先知的
茫然和苦楚，揣摩夕阳之下
文人的落寞与旷达，并应和
秋菊香气里的一片归隐之心
但更多时候，在匆匆的脚步声中
我品读人世间的苍凉，以及短暂的
烦扰和欢戚

阅读，注定是盖在我人生封条上
最后的戳印
读得越多，这个世界

能被我说出的言语却越加稀少
就像我无法精确描绘
雪后清晨，树梢上那只缄默的灰雀

此刻，它乐观地飞在高处
眼神里有无法掩饰的墨色
以及悲悯

沉　思

夜的幕帷，应和
星空的冥想，于无声中低垂

秋木战栗、野草枯黄
远处的山影
蹑足潜踪，似一位隐秘的捕猎者

琴弦的余震依然留存于夜风
琴音外的万物肃然寂静
而我们无力，在这片虚渺中
抓握住什么

山脚下，俗世的灯光熄灭
舞蹈着的幽灵，此刻
匿伏于荒漠
苦修者空灵的心壑之上

天边最后一抹红光
褪去赤白
夜色缓缓将我们推进黑暗

地平线迢遥——
一只豹子失血的独牙

白颊黑雁

尾羽划过半边黑夜，尖喙
已刺破极地白昼

此刻，格陵兰岛
在黎明来临之前，血腥——
捕食者的气息，弥漫于贪婪的空中

将胆怯藏于一支
中空的稚羽，将初生者的娇啼
丢掷于崖顶

纵跃、极速下坠，是自由飞翔前
与死神的舞蹈

尖利垂向无底的渊
远处是温软的海水，和一望无际的
绿色草原

煎 饼

生活，已被你调制为一碗
面糊麸浆——时而稀薄，时而黏稠
软硬不均，混夹着酸甜五味，及杂粮五谷

偶而，也有高粱红和玉米白
伴着洋葱及辣根的味道。她们
或许都有各自的悲欢往事，都让你流泪
然而滋味不尽相同

鏊子，这金属的壳，一只坚硬
安全的笼子
在其中，每个人都是自由的
或许可以化身为蛇，咝咝吞吐红色的毒信
在其间，你也是自由的
如一只蚂蚁，四处挪移着脚步

很多年以前，我们祖先曾试着将火
敲打进一块生铁，将生铁
碾进稻谷的颗粒
而今日，我们要将那些颗粒
打烙成火的尸身

一层，是否足够今夜的晚餐？

一千层，是否足够生命中

最后一次远行？

现实是，我们无须补天

只需面对一轮

金色的旭日，漫着金黄色的香气

而对它的另一面——是漆黑，还是苦涩？

你我都无暇深究，其实是对生活

根本无法细看

雪　韵

一簇雪花的消陨，是云
脱困于蟒，飞逸中剥离的片片鳞甲
是勇士头盔上散落的
白色翎羽

这下了一整夜的雪啊，这折射入
光的六角冰凌！
仿若一场盛大的覆盖，封冻河流和泥土
并掩埋尘世间
万千卑微的事物

一粒晶核的跃动，是剑锋
淬灭于火
和魂灵的舞蹈，投映
死亡阴影之下

这下了无数世纪的雪啊，这一幕没有
英雄的悲喜剧
巍峨的山岭和帝王的宫殿，于一片烟莽中
黯然失色

终有风轻雪霁时
阳光普照，天地寂静——
颂者虚构的史诗
依然盛大，而舞台中央
空无一人

一只鹿

昨日黄昏时候，在高速公路
弧弓样的入口处，我望见一只幼鹿

眼神空洞，它半个身子斜挂在路旁的
铁皮护栏之上，保持着某种静止
跳跃者的姿态
尾尖白色、纤细的绒毛
在初冬的风里摇摆不停

每当这个时节，人们总会在路边
低矮的林木间
看见一些黄色、灰色的影子
这是它们迁徙的季节——
追逐同伴、养育子女
在大雪到来时，彼此抱拥着取暖
对灰浆、石块，以及高速铁流割裂开的一片片
未知领地，跳动着跃跃欲试……

今日下班时候，我又一次经过那个路口
那只小鹿已不知何时被人神秘地移走
傍晚猩红色的路灯光温暖、安详

远处的高楼，灯火闪烁，如星光点点

我止不住想，在覆盖着薄薄霜雪的林丛内
一定有几个落寞的玩伴儿，和一位
两眼空空，不断回首眺望
此刻，依然伤心欲绝的母亲

归　来

秋叶的颓颜
夕阳下无处躲逃。今夜
无人独倚阑干，凝待
风雨的歇停

而你依然在破晓的晨光中等待落日
恍若多年前，我们一同见证
荒野里的大火——色彩艳炫的燃烧

旧时的庭院，苔影幽深
竹林轻掩半截斑驳的断垣
屋檐上的雨水，滴漏于梦境

月光下的万物，此刻真切而生动
在你闪动的睫毛和绣针下面，显得格外
清晰与透明

而你，是否偶然会忆起少年时
一次华美的邂逅
是那一年，在我们心头彼此错过的
一场大雪——为了隐藏万千伤心的理由

它夹杂着冰凌，随北风扑面而来

此时，树梢上的寂静深锁住月夜
寒鸦几只呆立于枝头，墨色的影子
惊俏而突兀

远山连绵，我听见一片雪花
正追随秋天的脚步
独自踏在归回的路途

她步履萧寥，仿若背负千年
冰川期的故事，于我们额头
霎时的苍老和回眸，已从容渡过
万水千山

一半是枯枝

屋檐低矮，我窄窄的庭院内
有一半，堆积的是枯枝和败叶

这些曾经鲜活而寂寥的生命
多像风雨中飘摇的日子，和昨夜匆匆远去的故人

没有雕梁及燕来。夜雨微凉，纤月黄昏时候
我时常望向不远处那一片
荒草和池塘。高大的樟树又长出了一片新叶
刚好够我，裁诗寄远

庭院的幽深，不时润泽雨水
枝头上的露珠，落向肩头
它们此刻，仿佛有着尤若夫的忧伤
是你不愿言明，和我无法触及的部分
内核闪亮、坚硬，于一阵风过后最终回归泥土

偶尔有树鹨飞过。它们也不停留
这小小四方的庭院之上，有着一样广袤的云天和无际的思
绪遐情
在每一个紫丁香开放的夜晚

我于惠特曼的草叶间，找寻那些翻倒的星光和眼眸
它们像花朵一样绽放于夜空
有的古老，有的年轻
如同世间一切卑微和初生的事物

这里就是我的庭院，有一半
堆积的是枯枝。傍晚时候，却总有暗香幽幽袭来

那是俗世之眼所看不到的另一半
是我用半生辛劳和汗水辛勤耕耘的
一大片花海！

当你爱上一个人的时候

当你爱上一个人的时候
我要说声，祝福你
因为此刻，你正被世间所有
美好的事物包围着，你是那位被神灵
眷顾过的人

生活中平凡的一切——
你漫步的操场
脚下的一小棵蒲草
街角的咖啡屋
头顶飞绕的蝴蝶
模糊不清的相片
不知何处传来的一首老歌
几张往返车票，以及一段
未知的旅程……

这所有平凡的事物
此时，都已被镀上了
层层金边

或许世界

所有的眼睛，都将被埋入沙子
或许世界
所有的铜铃，都已被噤住了声音

可是，我还是要对你说声
对不起
因为，当你爱上一个人的时候
其实你爱上的
只是身后，一个美丽而虚幻的影子
以及她带给你的
巨大
无边的寂寞